「でも筋はええな。才能あるで。
〝魔弾〟っちゅう技も教えたるわ」
「んー。こう、かな
『魔弾』！」
傭兵見習い
ウィル

ここに集結したのは
《激獣傭兵団》の面々。
血海
シャルノア
影猫
ニャルコ
激獣
ロック

頼りになる最強達がウィルを助けるために集結していた。
幻獣姫
シルク
軍師
ソルレオ
天剣
ベゴニア
焔包丁
ウァードック

「ウィルに
何してる……牛乳女」
「別に～。
なーんもしてないっすよ」
それは、弟子を連れ去られて怒り狂う師匠だ。
初めてできた弟子を可愛がっている最中にこれ。
温厚と噂の最強召喚士、
《幻獣姫》シルク・ロートネックも
さすがにぶち切れていた。

傭兵団の愛し子

～死にかけ孤児は最強師匠たちに育てられる～

天野雪人

画 黒井ススム

The Boy Loved by Mercenaries

CONTENTS

003 プロローグ ◆ 路地裏の邂逅
019 エピソードⅠ ◆ 見習いウィル
085 エピソードⅡ ◆ 召喚士ウィル
119 エピソードⅢ ◆ 傭兵団一の問題児
175 エピソードⅣ ◆ 不穏な影
203 エピソードⅤ ◆ 人攫い
300 エピローグ ◆ 傭兵団の子

プロローグ　路地裏の邂逅

薄暗くて汚い路地裏に、少年が一人倒れていた。

その赤い瞳に映るのは絶望であり、少年が好き好んで倒れているわけではない証明だ。

体は栄養失調から骨と皮ばかりになり、美しかったはずの白髪は泥汚れで灰色に染まっている。虚《こ》空《くう》を見上げた少年は、カサカサの唇で呟《つぶや》いた。

「も……い、や」

すでに少年は生を諦めていた。こんな苦しみが続くのであれば、もう生きていたくはない。

かつては、生きねばならない理由があったはずだ。死んではいけない呪縛があった。だがもう終わりだ。

「いた、い……」

喉からかすれた声が漏れる。まだ声を出す余裕があったらしい。ならばもう少し生きるだろう。

だがもう、いいではないか。少年はそう願う。

死は救済だ。この苦しみから逃れられる唯一の道だ。

そもそも産まれたときから地獄だったし、それが地獄だとすら認識できないほどに日常だった。

親などという存在は当然のごとくおらず、暴力ばかりの酒飲み老人が親代わりだ。愛された記憶はなく、貰《もら》ったものは拳と罵声だけ。

ここが弱肉強食の、下らない世界だと少年は知っている。

そんな世界で、何の力も持たない少年の末路など決まっているのだ。苦しみながらの野垂れ死にしか結末はない。

だが賞賛するべきだろう。孤児の身で、五歳まで生き延びた少年のことを。

親代わりだった老人の暴力に耐え、老人が運悪く死んだ後も、一人で必死に生き続けた。

泥をすすっても、靴を舐《な》めても。何をしてでも生き延びた。

運は良かったのだろう。でなければ生き延びられない。

だが空腹に耐えかねて、道端に生えていた草を食ってしまったのが運の尽き。それが猛毒で有名な『ガラガラ草』だと気づいたのは、恐ろしい腹痛でのたうち回ることになってからだ。

空っぽの胃で三日三晩も吐き続け、高熱も出た。五歳の少年がそれに耐えきれるはずがない。

徹底的に苦しんだ後、待っているのは永眠だけだった。

「おか……さん」

死を目前にして、最後に見たのは母の顔だった。

顔も名前も知らないが、ずっとそれを求め続けていた。親は子を愛するものらしい。故に少年をここから連れ出してくれるのは、親と呼ばれる存在だけだ。

死に逝く時の中で、親の像を夢想した少年はただ一つを願っていた。

どうかこの苦しみから解放されますように。そう思い、目を閉じた。

「――なんだこいつ？」

それは男の声だった。無骨な手が少年の頬《ほお》を触る感触がする。だが少年にとってはどうでもいいことだ。

どうせロクな存在ではない。追い剝《は》ぎか何かだろう。少年から奪う物など何もないと思うが、別の者であろうと良い存在であるはずがない。

だから期待も絶望もせず、死と向き合っていた。

「……あ～、ガラガラ草か。猛毒だと教わらなかったか少年？」

朦朧《もうろう》とした意識の中であろうと、急に体が持ち上がったのは理解できた。

男は少しばかり少年の顔を弄《いじ》くると、苦笑しながらそう言う。

「手持ちあったかな……。おっ、幸運だなお前は」

少年を再度寝かせた男は、ゴソゴソと懐を探り何かを取り出した。

「ほら食え、すぐに元気になるぞ」

そうして突然、口の中に何かを放り込まれる。

「っ！　――んんん！　ごほっ、ごほっ！」

そして体が燃えるように熱くなり、ばっと少年は飛び起きた。

苦しみが全て消え去るような感覚と、溢《あふ》れんばかりの力が湧いてくる。

これほど元気なはずがなく、何をしたのかと笑う男を見つめた。

「おはよう。元気になったか？」

「あ、う……だれ？　なに、したの？」

「ガラガラ草の毒を一発で消して肉体を活性化させる丸薬だ。副団長が持たせてくれた超高い薬だぜ」

「……そう。あなたは、お父さん、なの？」

「へっ？　何言ってんだ突然。俺は独身、子なし。彼女募集中の身だぞ」

何の脈絡もない少年の言葉に、男は目を見開いて困惑する。

だが少年にとってみれば誰かに助けられる経験なんて初めてで、僅かな知識でたどり着いた結論がそれだ。無償で助けてくれる人なんて、ただ一つ。

「親はむしょうで助けてくれる、って聞いた。ぼくを助けても、なにもない。それでも助けてくれるのは、親だけ。つまり、あなたは親」

「あーとな……そんな寂しいこと言うなよ」

男は溜《た》め息混じりに、少年の頭を優しく撫《な》でながら言う。

「親じゃなくても子供が倒れてたら助ける。当たり前だろ？」

「ちがう。助けてくれたの、あなただけ」

「それは……」

男は少年の歩んできた人生を悟り、悲しげな顔をした。間違いなく良い人生ではなかっただろう。

少年はボロボロだ。ガリガリの上に、洗うことすらされていない体。そんな状態になる人生を想像して、男自身も苦しくなった。

「はあ。暗い話は止《や》めよう。よし、自己紹介だ」

「じこ、しょう、かい？」

「ああ。俺の名前はベゴニア。とある傭兵団《ようへいだん》に所属している剣士だ。よろしく！」

そう言って微笑《ほほえ》む男、ベゴニアは無論のこと知らぬ名だ。この世界の偉い人、手を出してはいけない人。そういった者達《たち》のことは覚えているが、この男はその類いではなさそうだ。

橙色《だいだい》の短髪に、鍛えられた肉体。腰に帯剣された二本の剣は、学がない少年であっても高価な物だとすぐわかる。

ここらでは見ることのない、着流しという東の国に伝わる服を身に纏《まと》ったベゴニアは、少年に問いかけた。

「じゃあ、お前の名前は何だ？」

「……名前」

ふと少年は考える。思い返せば、『おい』か『お前』以外で呼ばれた記憶はない。

だが何かあったはずだ。誰かが昔、呼んでくれた名が。少年は記憶をたどり、無理矢理《むりやり》吐き出すように言った。

「ウィル……」

「なるほど。良い名前だなウィル！」

ベゴニアはサムズアップしてそう言う。そして上半身を起こして座り込んでいたウィルを、引っ張り上げて立たせてくれた。

「じゃあ飯を食って安静にしてろ。薬で一時的に起きてるだけだし、気をつけて帰れよ」

ベゴニアはウィルにそう笑いかけ、この場から立ち去ろうとする。

その背を見ながらウィルは……ついて行くことにした。

鼻歌交じりに薄暗い路地裏を歩くベゴニアの背を追う。恐らくここから出ようとしているのだろうが、そこはウィルの知らない世界だ。

この貧民街だけがウィルの世界で、その外を見たことはない。外に出れば酷《ひど》いことになると言ったのは親代わりの老人だったか。今でも恐怖はあるが、ウィルは勇気を出してベゴニアを追っていた。

「…………」

「…………」

「なあ……」

「なに？」

ウィルのことを気にせず歩いていたベゴニアであったが、ついに痺《しび》れを切らしたのか振り向いてそう言う。

「何でついてくるんだ？」

「……ごはん、ない。寝る場所も、ない」

「えっ？　いや、そうか。そうじゃなきゃあんな場所で倒れてないよな……」

そんな物があれば死にかけているはずがなかった。その事実に気づかなかった己に溜め息をつき、しかたないとばかりにベゴニアは言う。

「そうだな。何か美味《うま》い飯を奢《おご》ろう」

「ありがとう……。寝るのは？」

「あー。寝床は……」

そこでベゴニアは押し黙る。まさか一生分の宿屋を取ってあげるわけにもいかず、どうすればよいかと思案した。

「……このままだと、またぼくは死にかける。また苦しんで、やがてほんとに死ぬ。生き返らせたなら、それには大きな……せきにん？をともなう、はず」

「難しい言葉、知ってんな。わかったよ。面倒見る」

このままウィルを放置するのは、ベゴニアにとって無しだ。

力なき五歳児の末路は決まっており、また同じ地獄を味わうことになるだろう。本来一度だけでよかったものを、二度も味わわされるウィルのことを考えれば放置などできまい。

「そうだな……俺達の家に来るか？」

「ベゴニアのところ？」

「ああ。うちは傭兵団をやっているんだ」

「よーへーだん？」

それはウィルが知らないものだ。ただ生きるのに必死だったウィルには知らないことが多すぎる。

「まあ金で雇われて、戦う野蛮な組織さ」

「それは凄《すご》い」

自嘲《じちょう》気味に笑うベゴニアの言葉はよくわからないが、凄そうだということだけはわかった。

そんな凄い組織の一員になれれば生き延びることができるだろう。優しく親切にしてくれたベゴニアの下《もと》であれば、幸せになれるのではないだろうか。

「だがうちの傭兵団は厳しい。団長……は反対しないかもだが副団長が怖いな」

「怖い？」

「ああ。眼鏡をクイクイしながら、ぐちぐち嫌みを言って反対してくる」

「ぐちぐち。それは怖い」

よくわからないが、怖いことなのだろう。無知なウィルはブルブルと震える。

「それでも良いのかウィル？」

「うん」

「うちは危険だぜ。荒事によく巻き込まれる。死ぬ可能性だってあるだろう」

「うん。わかった」

「本当にわかってんのか？」

ベゴニアは呆《あき》れるが、そもそもここにいたら確実に死ぬだろう。いくら危険であろうとベゴニアについて行った方が良い。ウィルは幼くも、必死にそう判断して頷《うなず》いた。

「……わかった。じゃあ入団テストを始めよう」

そして――ベゴニアの雰囲気が急に変わった。

「本当に俺達の、《激獣傭兵団《げきじゅうようへいだん》》に入る資格があるのか確かめてやる」

「う、うん……」

「俺を倒してみろ。そうしたら入団を認めてやるよ」

ベゴニアはそう言って、不可能を叩《たた》きつけてきた。

それにウィルは息を呑《の》み、拳を固く握りしめる。

「うちの傭兵団は恨みも至る所から買っている。六年前に帝国や聖竜国って国とドンパチやったこともある。俺に勝てるぐらいじゃないと、入団は認められないな」

「それは……むりだよ。ベゴニア、強そうだし」

そもそも大人と子供という絶対的な差がある。その上で健康で鍛えられた大人対、死にかけでガリガリの子供だ。天地が引っくり返っても勝利は不可能だろう。

「まあ、俺は強いよ。世界中を見ても俺に勝てる奴《やつ》はそういない。五指に入る剣士だと自負している」

「うん。だよね」

「それでも言おう。俺に勝てなきゃ、団員にはなれない！」

「っ――」

鋭い剣士の目でそう言ったベゴニアに、ウィルは震え上がる。

ベゴニアが放つ覇気は、ウィルの知らないものだ。貧民街で生きていたら味わうことすら不可能な、最強の剣士が放つ覇気。

それを前に、ウィルは勝てないと悟った。しかし活路は前にしかないと気づき、ベゴニアを睨《にら》む。

「ああ。良い目だ。この短剣を使いなウィル」

ベゴニアはそう言って、短剣を投げ渡してくる。だがそれはベゴニアにとって短剣というだけであり、幼児であるウィルにとっては立派な剣だ。

「俺の刀を貸しても良かったが、持てないだろうしそれで我慢しな」

「うん。ありがとう」

「これから始まるのは殺し合いだ。……怖くないのか？」

短剣を抜いて、その刃をじっと見つめた。学のないウィルであってもわかるほどに美しく、容易に人の命を奪う人殺しの武器だ。初めて持った剣の重みを感じながら、ウィルは返答する。

「ぼくはあそこで死ぬはずだった……だから怖くない」

「へぇ……」

ベゴニアはそう笑った。

「まあ手加減はしよう」

「それは助かる」

実際手加減の一つや二つしないと勝負にならないだろう。力の差はそれほどだ。

だがベゴニアの心には原因不明の高揚があった。

「さあ、始めようか――」

ベゴニアは腰に差した剣を抜いた。それは遥《はる》か遠く、東の国にて作られた刀と呼ばれる剣。恐ろしい切れ味と、人を殺すことに特化した刀の威圧を前に、ウィルは一歩後ずさる。

「来な、ウィル！」

だが逃げたら地獄に逆戻り。二度目の苦しみを味わった後に最悪の死を迎えるだろう。

それを考えれば、震えは止まった。活路はやはり前にしかない。

ウィルは一気に走り出し、ベゴニアに突撃する。

「やあっ！」

だがそれは、あまりに鈍い攻撃だった。一秒以下の世界で戦うベゴニアにとって、ウィルの攻撃はどうとでもできるものだ。故に刀を鞘《さや》に差し直して考えた。

必死に振り下ろしてくるウィルの剣を、避《よ》けるのは礼儀がなっていないだろう。そう考えたベゴニアは、腰を下ろし、振り下ろされる短剣の刃をそっと摘《つ》まんだ。

「えっ？」

「……不思議な話だ。何でか俺は、お前を勧誘した。本来、この町の孤児院に放り込めば済む話なのにだ」

ウィルの食事と寝床は、別にベゴニアが面倒を見る必要はない。この町には孤児院がある以上、そこに入れるように便宜《べんぎ》を図って終わりだ。

しかしベゴニアは自分達の傭兵団に勧誘した。五歳の少年をだ。

「ただの勘だ。しかし俺はこれを信じている。……だからお前には期待してるんだ」

ベゴニアがそう話す間に、摘ままれた短剣を引き抜こうと力を込めるがビクともしない。

「力を見せてみろ。ウィル!!」

ベゴニアは短剣を放し、己の刀に手を置いた。

ウィルは慌てて距離を取るが、それ以後一歩も動くことができない。ベゴニアの覇気に震えが止まらないから。

「今からお前を殺す。……怖くないんだよな？」

刀を今にも抜こうと構えるベゴニアから放たれるのは殺気だ。

「あ……うぅ」

そしてウィルは初めて、本物の殺気を知った。

五年という長いようで短い人生の中で食らった初めての殺気。今まで経験した殺気など、ガキのおままごとでしかなかった。

動悸《どうき》が激しい。呼吸が荒れる。これが本物だ。体の震えが止まらない。

「ぼ、く……はっ」

死ぬ。呆気《あっけ》なく死ぬだろう。圧倒的強者からの威嚇《いかく》を前に、ウィルがいかに矮小《わいしょう》な存在なのかを突きつけられる。

そんな殺気を前に、ウィルの中に芽生えたものは諦めではなかった。

「生きたい！」

もうとっくに諦めていたと思っていたが、間違いだった。死にたくない、死ねない。そんな思いが体中を駆け巡る。

気づいたら動悸も呼吸も、正常に戻っていた。

ウィルの中に芽生えたのは強力な生存本能。まるで呪いのようにウィルを奮い立たせるそれは、全

力で目の前の脅威を排除しろと叫ぶ。

「ぼくは死ねないんだ！」

「良い目だな、ウィル！」

ベゴニアの声が聞こえる。だが関係ない。死なないために、ウィルは走った。

不気味なほどに落ち着いた心で、一気に足を踏み出して、ベゴニアに向かって短剣を振り下ろす。

「ああああああああっ!!」

「っ！」

ウィルは腹の底から声を上げた。大声を出せる体ではないというのに、敵を威嚇するかのごとく咆《ほう》哮《こう》する。

なぜか力が湧いてきた。死ねない理由があるから、全ての力でベゴニアに抗《あらが》おうとする。

「ああ。良いじゃないか！」

ウィルの放つ覇気に、ベゴニアは息を呑んだ。とても死にかけの孤児が放つものではない。

そしてベゴニアの刀と、ウィルの短剣は打ち合った。幼児の渾身《こんしん》で放たれた短剣など大したものではない。だがそこに込められた思いが、ベゴニアの胸を熱くする。

「はぁ、はぁ……っまだ、だ！」

まだ足りない。目の前の化け物を倒すのに、今のウィルではまだ足りない。

だから二発目の剣をベゴニアに向ける。

しかし――。

「あっ――」

ウィルはベゴニアの足下で急に力が抜けて、膝を突いた。

意識が朦朧とし、立ち上がれない。なぜだろう。だがこれが駄目なことはわかる。

死にたくない。死んではいけない。まるで呪いのようにウィルを突き動かすそれが、叫《わめ》いていた。

だがもう立ち上がれない。地べたに倒れ、意識が消える。本当に、最後までロクでもない人生だった。

そう思いながらも、ウィルは意識が消えるその直前までベゴニアを睨んでいた。

あるいは意識が途絶えてなお、ベゴニアから目を逸《そ》らすことはなかった。


「……無理しすぎたか。当たり前だな」

倒れたウィルを見て、ベゴニアは頭を掻《か》く。

今のウィルは薬によって強引に動いている状態だ。本来は死にかけであり、動ける体ではない。

そんな体で戦闘を行えば倒れることは予定調和だろう。

「お前は……何なんだ？」

意識を消したまま動かないウィルを担いで問いかける。

「お前の覇気。凄かったよ。ガキとは思えないものだ」

ベゴニアが同じ歳《とし》だった頃、ここまでの覇気を放てただろうか。圧倒的強者を前に立ち向かい、倒れる寸前まで目を逸らさないなんてこと、できていただろうか。

五歳の頃のベゴニアであれば、逃げ出していただろう。だがウィルは立ち向かってきた。

それは歴戦の強者であるベゴニアですら息を呑む精神力だ。

「……どこから来たんだよ、ウィル」

「………」

「って。答えられるわけないよな」

気を失ったウィルに問いかけたところで、答えなんて返ってくるわけがない。それに苦笑したベゴニアは、大通りへ向かって歩き出す。

「本来はお前の負けで入団はなしだ」

ウィルが負けた以上、孤児院に入れるように便宜を図って終わりだ。だがベゴニアは首を振った。

「まあだけど……お前の将来性を鑑《かんが》みて、合格にしといてやる」

生きたいと願ったウィルの覇気は、歴戦の剣士であるベゴニアの心を揺らした。

その結果はお粗末なものであったが、あの時ベゴニアは確かに見た。ウィルの可能性を。

「まっ、及第点だ」

ウィルを担いで、ベゴニアは歩き出した。

エピソードⅠ　見習いウィル

知らない匂いがした。今まで嗅いだことのない清潔な匂い。ウィルは何かに包まれているらしい。

その心地よい感触に誘われるように、ゆっくりと目が開く。

「んぅ……。ここ、は？」

知らない天井だった。綺麗《きれい》な木目の天井が、ウィルの目に飛び込んでくる。

そしてウィルを包んでいたのは、とても柔らかい毛布だった。ウィルが持っていたペラペラの布とは違う感触に、思わず感動すらしてしまう。

その毛布のフワフワに癒やされながらも、起きねばとウィルは気合いをいれる。
二、三度ほど瞬《まばた》きをしたウィルは、思い切って上半身を跳ね起こした。
「起きた……」

「うわっ。……びっくりした」

そして急に聞こえてきた声に、ウィルの心臓は大きく跳ねた。

慌てて声の主を見れば、ウィルのことをじっと見つめる少女が一人。

青く綺麗な瞳がウィルを観察してくる。負けじとウィルも少女を観察した。

背はとても低い。ウィルよりはさすがに高いが、まだ子供。十四歳程度に見える。しかし長い耳を見れば子供という説が引っくり返るだろう。

　エルフと呼ばれる異種族は、人間より長い寿命を誇る長命種だ。尖《とが》った長い耳が特徴で、揃《そろ》いも揃って見た目相応の歳《とし》をしていない。子供に見えて実は百歳というのもザラにある話だ。

　エルフらしからぬ黒い髪を、短く切った少女は、手に持っていた本を横に置いた。

　暫《しばら》く無言で見つめ合うも、ウィルが口火を切って会話を始める。

「……だれ？」

「《激獣傭兵団《げきじゅうようへいだん》》の団員。召喚士をしてる……」

「よーへーだん……しょーかん？ってなに？」

《激獣傭兵団《げきじゅうようへいだん》》はベゴニアの所属する所なのでわかるが、召喚士という単語にはピンとこない。

　何も知らぬ無知なウィルには難しい言葉だ。

「……まあ、魔法使いのこと」

「まほー！　それは知ってる」

　手から火を出したり水を出したりする不思議な技術だ。ウィルも見たのは一度だけだが、憧れは強い。貧民街でも魔法を使える者は敬われる故だ。

「まほー使いさま。ウィル、です」

「そんな畏《かしこ》まらなくていい。私はシルク。シルク・ロートネックという。よろしくウィル」

　少女、シルクはそう自己紹介をする。

　シルクの特徴として、表情の変化が乏しいことが挙げられるだろう。ウィルにもそういう傾向があるが、シルクはそれ以上だ。

眠たそうな瞳でウィルを見つめ続けるシルクから、感情を読み取るのは難しい。

「よろしく。でござす」

「変な敬語。慣れてないならいい」

「うん。わかった」

学のないウィルの敬語は聞きかじりだ。そんな態度を取られてもムズムズするだけで、良い気分にはならない。

「ベゴニアが変なの拾ってきたと思った。けど、私よりチビだからいい」

「チビだから？」

確かにウィルはチビであろう。だがまだ五歳だし、栄養が十分に取れなかったのが原因だ。十分に栄養を取り、成長すればまだまだ伸びるはず。

「私は、他の団員からチビって馬鹿にされる。特にあの牛乳女。チビじゃないのに。まだ成長するのに……」

「そっか……がんばって。ぼくもがんばる」

「ウィルは頑張《がんば》らなくていい。私だけが頑張る」

自分より小さくあって欲しいと願っているのだろうが、叶《かな》いそうにはない。

ウィルも成長すればさすがにシルクよりは大きくなる。それが人間の男の子だ。

「ところで、ここは？」

「ここ？　ただの宿。この町に来たのは仕事だから」

「そっか。よーへーだんって、他にも人がいるの？」

「当たり前。二人だけってことはない。うちは八人しかいないけど」

「それって多い？」

「普通に少ない」

数字というものをあまり理解していないウィルにとって、八人がどれほどか判断できなかった。だが少なくても頑張っているのは凄《すご》いと頷《うなず》く。

「八人しかいないけど、最強。うちはね」

「へー。それは凄い」

最強。そう言われても傭兵団が何なのか理解していないウィルにはピンとこない。しかしとても凄いことだと思った。

「理解してない……」

「うん」

「うん、って……」

ジト目で見てくるシルク。ウィルも負けじと見つめ返した。

互いに無言で見つめ合っていれば、鈍い音を立てて扉が開く音が聞こえる。

「お、何だ。仲良くなってるな」

「あ、ベゴニア」

「ベゴニア、ウィルは無知。説明ちゃんとして」

扉を開けて入ってきたベゴニアを、二人は同時に見る。そしてシルクは指を差すと文句を言った。

「まあまあ、これからいろいろ知っていくのさ。それよりシルクにウィル。副団長の交渉が終わった。もう帰るぞ」

「帰る？　ぼくも？」

「ああそうだ。お前は、俺が引き取ることにした」

「うれしい。お父さん」

「お父さんじゃなくてお兄さんと呼びなさい」

ここまで親切にしてくれるなら、父親というやつだと思ったウィルは目をキラキラさせて言う。

だがベゴニアはお気に召さなかったらしい。

「お兄さん？」

「ううん。これはただの酒飲み屑《くず》ギャンブラー。呼び捨てで十分」

言われた通りに呼んでみるが、すぐさまシルクが訂正する。

「おい！　そりゃあ酷《ひど》いだろ！　確かに酒を飲むが慎みは持ってるぞ」

「酔っ払って酒場を半壊させた奴《やつ》が何を言う」

そう言い合って睨《にら》み合う。だがそこに殺気はなく、ただのじゃれ合いだ。

そんな光景にウィルは胸が温かくなった。こんなに気安く話せる関係をウィルは知らない。これが仲間というやつで、これまでずっと求めていたものなのだろう。

「まあこれぐらいにして、さっさと行くぞ。副団長から、荷物を纏《まと》めてチェックアウトしておけと言われてるんだ」

「はあ、仕事が終わったからってすぐ帰る。少しは観光もするべき」

「そうは言ってもな。副団長はそういうことを好まない。団長だったら別なんだが」

「嘆かわしい」

仕事が終わればすぐに帰還するのを、シルクは良しとしないのだろう。

確かに息抜きも大事だ。だがそれ以上文句を言うことなく、隅に纏めてあった荷物を手に取った。

「ウィル、復活したばかりで悪いが、馬車に乗れるか?」

「馬車? たぶん」

馬車という物をウィルは遠目で一度見た切りでよく知らないが、取りあえず頷いておく。

「まあ出発前に飯を食う。ウィルはお腹《なか》に優しい、スープとかからだな」

「わかった!」

「よしよし。じゃあ行くぞ。副団長が待ってる」

素早く片付け荷物を背負うと、部屋を出る。ウィルもそれに続くが、自分の持ち物などないため、手持ち無沙汰だった。

「なあウィル。覚悟しておけよ」

「覚悟?」

「ああ。副団長はお前のことを認めちゃいない。ちょっと話をしたが難色を示している。だから、何かあってもいいようにな」

「かくご……」

その単語を反芻《はんすう》する。ベゴニアが認めるだけでは駄目らしい。これから会うことになる、副団長に認められなければ入団はできない。

「俺はお前に可能性を感じている。だから全部任せておけ」

だがベゴニアは、笑って安心させてくれた。

ウィルはその笑顔に安堵《あんど》しながらも、これから会う副団長を想像する。そして固く、拳を握った。


そこは賑《にぎ》やかな大通りだった。人が行き交い、露店が立ち並ぶ明るく楽しい世界。

ウィルが知らない、貧民街の外だ。

「悪いところじゃないじゃん」

かつてウィルが外へ行かないようにと、悪い場所だと教え込んだ老人の顔を思い浮かべる。

あれはウィルを思ってのことではない。ウィルを縛《しば》り付けるための嘘《うそ》だったのだろう。

「えーと、待ち合わせ場所は……あっちだな」

「ん……」

前を歩く二人について行きながらも、キョロキョロと周囲を見回す。

いろいろなものが大きく、通りを歩く人の顔は明るい。そんなキラキラした世界に目を奪われていたら、目的地へと到着した。

「ここか。よし入るぞ」

たどり着いたのは賑やかな大衆食堂だった。昼ということもあって多くの人で賑わい、店員が忙しそうに働いている。

そんな光景にウィルは怯《おび》えながら、恐る恐る入店した。

「よお、副団長。待たせたな」

「ベゴニア……十五分遅れです。いつもながら遅刻というのは感心しませんね」

迷いなき足取りでたどり着くのは、一人の男が座るテーブル席だ。

眼鏡をかけた神経質そうな男は、ベゴニアを横目で見ながらそう言った。

「許してくれ。これでも急いで来たんだ」

「まあいいでしょう。あなたの遅れを考慮した上でスケジュールを組んでいるので」

神経質そうな見た目通り、キッチリとした男なのだろう。白いシャツに紺色のベストとズボンという清潔感のある格好をした男は、ベゴニアから視線を外して黒い瞳でウィルを見た。

「君が……ベゴニアが拾ってきたという子ですか」

「こ、こんにちは」

その鋭い目つきに震えながらも、ウィルは挨拶をする。だがそれを無視して男は席を指差した。

「まずは座りましょう。話はそれからです」

男の言葉で三人は席に着く。シルクが横に座り、対面には無表情でこちらを見る男だ。シルクはさっさと料理を注文してしまい、その後緊張した空気の中で会話は始まった。

「この人は傭兵団の副団長だ。名前は……なんだっけ？」

「さあ。副団長以外で呼んだことない」

副団長が名前なのかと頷いたウィルは、頭を下げて自己紹介をした。

「よ、よろしく。ウィル、です」

「ええ」

しかしあまりに素っ気ない態度で、副団長はウィルに返答する。

嫌われているのだろう。しかし生き延びるために、ウィルは精一杯の笑顔を見せた。

「さてウィル君。……我ら《激獣傭兵団《げきじゅうようへいだん》》の正式入団には、メンバー過半数の同意が必要です。君の入団を認める者は少ないでしょう」

クイっと眼鏡を直しながら、副団長の視線はさらに鋭くなる。

「もちろん私は歓迎しない。君のことは、ベゴニアが連れてきたトラブルの種としか思っていません」

「それは言いすぎだろ副団長。ウィルは良い子だぜ」

「……そうですか。しかし良い子であろうと、入団は認められません。どれだけ性格が良くても、君には力がない」

副団長の目は冷たい。それはウィルの背筋が凍えるほどだ。

ベゴニアがどうにか言葉を紡ぐが、やはり感触が良くなることはなかった。

「確かにウィルは力不足だ。しかし将来性がある。正式な団員じゃなくてもいいからさ」

「こんな辺境の、しかも貧民街にいた孤児に何を期待するのやら」

副団長は溜《た》め息をついてウィルを見た。磨けば可愛《かわい》らしい容姿はしていそうだが、ボロボロの上ガリガリ。

とても《激獣傭兵団《げきじゅうようへいだん》》の団員として活躍する未来は見えない。

「まあ、ベゴニアの言うとおり、正式な団員ではない、見習いであれば可能です。しかしそれは団長の許可次第」

「そう、それだ！　見習いのシステムがうちにはあったな」

「団長が許可を出せばです」

「とても良い人だ。団長なら、見習いぐらい認めてくれるだろ」

団長は心が広いからなと、とベゴニアが付け足す。

「だんちょー……」

そしてウィルは、会話に出てきた、団長について夢想した。長とつくからには一番偉い人なのだろう。それはつまり一番強いということで、ベゴニアよりも大きいのは確実。

多分とんでもない大男で、筋肉もムキムキなのではないか。というとても強い団長をウィルは想像した。

そんなウィルの妄想には気づかず、副団長はベゴニアからウィルに視線をずらす。

「もし団長が見習いとして認めたとして、それでも私は君を歓迎しません。君は我ら《激獣傭兵《げきじゅうようへい》団《だん》》を正しく理解していますか？」

「えっと。戦う、人たち」

「ええ。お金を貰《もら》って、戦う。その認識は間違いではありません。ですが、その分買うことになる恨みの多さは理解していませんね」

「うらみを、多く……」

《激獣傭兵団《げきじゆうようへいだん》》は少数精鋭のイカれた最強傭兵団だ。

寡兵《かへい》でありながら一万の兵をものともしない戦闘力。国に躊躇《ちゆうちよ》なく喧嘩《けんか》を売れる精神力。それら全てが合わさり、買った恨みは恐ろしい数を誇る。

そんな世間的に有名な話も、ウィルは知らない。

「帝国や聖竜国なんていった大国とも戦争して勝利したので、非常に恨まれています。故にあなたのような弱点はなるべくいて欲しくないのです」

「それは……ごめんなさい」

「おいおい。子供に何言ってんだ。ウィルは俺が守る。それにな、ウィルの才能は並じゃない。将来必ず凄い奴になれるんだ」

「そうですか。まあこれは私の意見。全ては団長次第です。団長が良いと言えば全てが良いのです」

「そうだな。でもウィルは俺が守る。それだけは言っとくぜ」

そんなベゴニアと副団長の会話を聞いて、ウィルは押し黙っていた。

あまり理解はできなかったが、ウィルが邪魔であろうことはわかる。弱いウィルは迷惑をかけてしまうのだろう。

「ぼく、いないほうがいいのかな……」

そしてそんな言葉を零《こぼ》した。

「……ん。気にしない。恨みは買ってる。だけど私達《たち》は最強。ウィルが一人増えた程度で、何か変わることはない」

しかし隣に座っていたシルクは、ポンポンと頭を撫《な》でてくれた。

「ほんと？」

「ほんと。私達は最強。それをちゃんと、覚えておいて」

不安に支配されていたウィルを、シルクは優しくも頼りになる態度で安心させてくれた。

その圧倒的な自信に、抱えていた不安は全て吹き飛び、ウィルの表情から闇が消えていく。

「――お待たせしました」

そして丁度よいタイミングで料理が運ばれてきたことで、その会話は終了した。

テーブルに並べられたのはウィルの知らない食べ物だ。

よくわからないが、鼻腔《びこう》をくすぐる匂いに自然と目尻が下がり、抱えていたものはどこかへ消えてしまう。

「おいしそう……」

涎《よだれ》が出る。しかし食べ方がよくわからない。手摑《てづか》み以外の食べ方を知らないウィルは、フォークやスプーンを不思議そうに眺めた。

「食器の使い方を知らないのか。シルク、教えてやってくれ」

「ん……仕方ない」

ウィルの横に座って我関せずの態度だったシルクは、溜め息をついて手本を見せてくれる。

「こう持つ」

「こう？」

「そう。そしてこう食べる」

「こう？　……おいしい」

「そう。……良かった」

二人ともあまり言葉は発しないが、しっかりコミュニケーションは取れているようだ。

表情があまり出ないなど、どこか似たもの同士の二人だった。

「これは？」

「こう……」

「おー。凄い」

「……何か面白い会話だな、副団長」

「ふん。私達も早く食べてさっさと本拠地に帰りますよ」

ベゴニアは面白そうに笑い、副団長は興味なさげ。

その席ではウィルとシルクの静かな講義と、食器の音だけが響いていた。

「中々物覚えがいい。弟子にしてあげる」

「それはうれしい。ありがとう」

「私のことは師匠と呼ぶ」

「ししょー！」

新たな言葉を覚えて嬉《うれ》しそうなウィルと、初めての弟子に珍しく表情を綻ばせるシルク。

仲の良い姉弟のようであるが、あくまで見た目だけだ。人間とエルフの間には凄《すさ》まじい年齢差がある。


「おーい、行くぞ。副団長が待ってる」

シルクに相手をしてもらっていたら、ベゴニアの声が聞こえてくる。そちらを向けば、大きくて綺麗な馬車があった。

ゴテゴテとした飾りなどなく、性能に拘《こだわ》った馬車だ。牽《ひ》く馬は他よりも一回りは大きく迫力がある。

「うちの自慢の馬車だ。どんな危険地帯もスイスイ進める」

「それは凄い」

かつて一度だけ馬車を見たことがあるが、それに比べても圧倒的に凄い。

今からこれに乗ると考えると、ワクワクしてきた。

「自慢だけど、実は六台目。高いのにすぐ壊す」

「それは仕方ねえ。危険地帯で何度も乗り回してればすぐ壊れる。団長とシャルノアもよく壊すしな」

「ベゴニアもよく壊す」

「シルクもだろう」

どうやら《激獣傭兵団《げきじゅうようへいだん》》には問題児が多いらしい。こんな立派な馬車を壊すとは凄い人達だ。

「これ、こわれるの？」

「大丈夫だ。今回は安全な旅だからな」

「そっ、だから安心して。行くよ」

その言葉にウィルはほっとする。副団長はさっさと乗ってしまい、シルクはウィルの手を引いてくれる。

「そうだウィル。確かめないといけないことがある」

「なに？」

シルクの手に導かれて馬車に乗ろうとしたところで、ベゴニアが引き留めてきた。

「強くなる覚悟はあるか？」

「強く……？」

「うちは最強の傭兵団だ。荒事なんて日常茶飯事だし、弱ければ生きていくのは難しい。強くなる覚悟がないならば、王都にある国立の孤児院に入れるようにする。どうだ？」

国が運営する孤児院であれば、ちゃんとご飯も食べられるし寝床もある。

傭兵団にいることで巻き込まれる荒事とも無縁だろう。間違いなく、そちらの方がいい。

「もちろん、強くなりたい」

だがウィルは、真剣な瞳でそう言った。

ウィルは無知だ。だがそれでも知っていることはある。

強者たれば自由であると。強ければ生きていける。今まで生きてきた世界で、それを知っている。

「強くなって、幸せになりたい」

ウィルに目的なんてない。強いて言えば、生きること。

心の奥底で死んではいけないと何かが叫んでいる。死なずに生きろと訴える何かがいる。生きて、幸せになる。そのためには、強くならないといけない。

強くないからウィルは、呆気《あっけ》なく命を落としかけたのだから。

「そうか……。じゃあ俺が鍛えてやるよ。最後までついて来られればお前は確実に強くなる！」

「うん！　がんばる！」

「ちょっと。ウィルは、さっき私の弟子になった。ベゴニアのじゃない」

「いや俺が最初に出会ったんだし」

「私の」

「いや俺の」

とそんな言い争いをしながらウィルの両腕を握る二人。誰かにこんなに求められることなんて初めてで、ウィルは思わず笑顔になった。

「あはは。ぼく、がんばるね。ししょうー、ベゴニア！」

「……ウィル、可愛いね」

「んー。そう？」

よしよしとウィルを撫でるシルク。ボロボロの孤児であるが、磨けば光るものを感じる。

密《ひそ》かにお洒落《しゃれ》が好きなシルクは、目敏《めざと》くそんな気配を感じた。

「と、早く行こう。副団長に怒られる」

「だね。行こう」

「うん！」

ベゴニアは慌てて御者台へと消え、ウィルはシルクと共に馬車へ乗り込む。

これから素晴らしい旅が待っているだろう。ウィルはそう感じた。


「…………」

「…………」

馬車の中。先ほどまでの騒がしさと打って変わって静かだった。そしてその空気は重い。

現状馬車の中にいるのはウィル、そして副団長だ。

「あの……二人きり。です」

ウィルは副団長のご機嫌を伺うように言う。

「はい」

それに対する返答は、あまりに冷たかった。その視線は幼いウィルを震え上がらせるに十分で、頼みの綱であるシルクを捜してキョロキョロする。

しかしシルクは周囲を警戒すると言って出て行ってしまった。故に二人きりの空間だ。

「ふくだんちょー……いい天気」

「そうですね」

窓の外を指差して言ってみるが、会話をする気は感じられなかった。

外は晴れて良い天気だし、馬車の性能もよいので揺れもほぼない。まさに快適な馬車の旅であるが、空気が恐ろしく悪かった。

ウィルは幼いながらどうにかできないかと頭を回転させるが、そんな方策はない。

「空、きれい。かも。です」

「そうですか」

「この馬車……凄い」

「でしょうね」

「うん……なんで？」

「さあ」

それ以降沈黙が訪れた。何かもっと良い話題はないだろうか。そう考えるも、無学の五歳児に思いつくことなど高が知れている。

「無理して話さなくて結構です」

「……そっか」

どうすればよいかと考えていると、副団長はそう言ってくる。

だがウィルはとても寂しい気分だった。

「ぼく、じゃまです……か？」

「別に邪魔ではありません。必要でもありませんが」

「ぼく……きらい？」

「……特に何とも」

無関心。あるいは嫌い寄り。それが副団長のウィルへの評価だろう。

何となくそうだとわかっていたが、いざ言われてみれば傷つくものだ。

「まあ、全てを決めるのは団長です。私が君を嫌おうが、団長が許可を出せば見習いとして傭兵団の一員になれるでしょう」

「そっか……」

「ええ」

それ以上喋《しゃべ》るつもりはないのか、副団長は黙って本をめくり始める。

悲しい気持ちになるウィルであるが、しかしそれで終わる子ではない。

「ふくだんちょーって、苦労してるの？」

「苦労？　別に、していませんよ。それより無理して喋らなくても結構です」

「でも、ふくだんちょーと……仲良くしたいし」

「うっ……」

幼い少年につぶらな瞳でそんなことを言われれば、さしもの副団長といえど顔が崩れる。

何かとても悪いことをしている気分になるが、すぐに気合いで顔を元に戻して返答した。

「確かに苦労していますよ。よくわかりましたね」

「そんな、顔してる」

まさに苦労人の顔だ。ウィルの幼さでもわかるぐらいには。

「……うちは私を入れて八人の傭兵団なんですよ」

「うん」

「その内三人。ベゴニアとシルク。あとシャルノアという人がもうとっても問題児でして、しょっちゅう問題を起こしては私が後始末に奔走する日々。一つの問題を解決すればすぐに二つ目の問題を持ってくる有様。先日はバス公爵家の跡継ぎ様を半殺しにして私が謝り倒すこと三日間。つい二週間前なんかは――」

少し答えるだけのつもりだった。しかし気づけば決壊するように愚痴を吐き出してしまう。

今まで吐き出せる相手がいなかった弊害か、五歳の少年に全てをぶちまけていた。

そうやって泣き出した副団長を、ウィルはうんうんと話を聞いて労《いたわ》る。

「ふくだんちょー、たいへんだった。よしよし」

「うぅ……初めて言われました」

副団長は涙を流していた。問題児達の尻拭いに奔走し、一人で胃を痛める日々。こんなに優しくされたことはない。

五歳の少年がくれる優しさに、涙が溢《あふ》れて止まらなかった。

「他の団員も大なり小なり問題を起こすし、団長は笑い飛ばすだけ。わかってくれたのは君だけです」

「ふくだんちょーがんばってる。だんちょー困った人？」

「尊敬できるし頼りになる人なのですが、心が広すぎるのが玉に瑕《きず》です」

だがそうでなければ、最強かつ変人が集まった傭兵団の長などできない。

その分全ての問題解決が、副団長に降り注いでいた。

「わかってくれるのは君だけです。君は、問題児にならないでくださいね」

「がんばる！」

ウィルは幼いながらも誓った。副団長を、これ以上泣かせないと。

ウィルが副団長の心のオアシスになるのだと。

「君はもしかしたら良い子かもしれません」

「そう？」

「ええ。とても気に入りました」

「それはうれしい」

ウィルはペコっとお辞儀をする。それを見た副団長は、心がキュンとしてよしよしと頭を撫でた。

「ベゴニア、辺りに異常なし」

「了解。ありがとな」

そんな会話が起こるのは馬車の外。御者台にて馬を操るベゴニアに、周囲の警戒をしていたシルクがそう言ったところだ。


「まっ、フェンリルが並走している馬車を襲おうなんて考える奴、人にも魔物にもいねえだろうな」

ベゴニアはチラッと横を見ながら言う。

馬車に並走するのは、一体の巨大な狼《おおかみ》だった。冷気を発する狼は、魔物と呼ばれる危険生物。

人に害をなす魔物の中でも最上位、危険度を表すランクでは最高のSに輝くのがフェンリルだ。

そしてその背に乗るのがシルク。

人に仇《あだ》をなす魔物を手懐《てなず》けて乗りこなすシルクこそが、本物の魔物かもしれない。

「そろそろ休憩するか……」

「そうだね」

「じゃあそこで休憩だな」

「そうだね……」

休憩と聞いてシルクは微妙な顔をし、馬車を見る。

その中は沈黙が支配する気まずい空間になっていることだろう。ウィルを嫌う副団長と共に二人きり。どれほど恐ろしい空間か、想像すらしたくない。

「中で、二人きり？」

「当たり前だろ。仲を取り持てよシルク」

「そういうの苦手だし」

産まれてから一度も友達ができなかったと自負するシルクに、仲を取り持つなどという高等技術があるわけない。

故に臭い物に蓋をするように逃げたわけだが、少し後悔していた。

「お前が責任を持って休憩を告げてこい」

「わかった……」

シルクが逃げねばもっとマシな空気であったと考えれば、責任を取るべきだろう。

すぐさま休憩に相応《ふさわ》しい場所に着き、シルクは覚悟を決めて扉に手をかける。

どんなに気まずい空気が流れていようと負けないと、意を決して扉を開け放った。

「つまり、魔法は魔力を使うことで発動します」

「それは凄い」

しかし馬車の中では和気藹々《わきあいあい》とした空気が流れていた。

あの常に苛立《いらだ》っている副団長が、丁寧に講義をしている。まず夢かと思った。

副団長は気難しいことで有名だ。子供相手にあんな笑顔を見せるなんて幻に違いない。

「……ふう。ちょっと疲れてる」

一旦《いったん》扉を閉めて、深呼吸。任務の後に観光もせずに帰ったのが駄目だったのだろう。ちゃんとリフレッシュしないと、変な幻覚を見る羽目になる。

目をゴシゴシと拭い、意を決して扉を開ける。次は険悪な雰囲気のはずだと。

「では体内の魔力を感じるところからです」

「はーい、ふくだんちょー！」

「…………？」

「ところでシルク、用があるなら言ってください」

もう一度扉を閉めるかと考えていたシルクに、副団長はそう言い放つ。

シルクはそれに戸惑いながらも、用件を伝えた。

「えっと……休憩する」

「なるほど。では授業はまたの機会に」

「はい！」

なぜか授業をしていた。シルクは意味がわからなかった。

冷静沈着を自負するシルクが、珍しく目を見開いて驚くほどのことだ。

「何を驚いているのですか？」

「……副団長、キャラ、変えた？」

「失敬な。私は元々こんな感じです。まあ、ウィル君に見込みがあるというだけの話ですよ」

「そう。まあいいけど」

しかしキャラが変わったようである。いろいろ考えるが、シルク自身に不都合がないと気づいて忘れることにした。

「ししょー。ふくだんちょー、凄かった」

「そうなんだ」

「まほー、教えてくれた」

「良かったね」

取りあえず目を輝かせるウィルが可愛いので良しとする。シルクはまた頭を撫でた。

馬車を出て、街道から外れた平野にて休憩をする。とはいえ、ご飯を食べるわけではない小休止だ。

「……おっきい」

「グルルルル」

そしてウィルは、礼儀正しくお座りする巨大な狼、フェンリルを見上げていた。

フェンリルは人を二、三人乗せられる巨大な魔物だ。五歳児のウィルにとっては首が痛くなるほどに大きい。

「何だ、怖くないのか？」

「怖い？」

「フェンリルは最強クラスの魔物だ。ウィルなんて丸呑《まるの》みにできる」

「それは怖い」

「怖がってるようには見えないな」

意外と胆力があるのがウィルだ。フェンリルを前にしても無表情。将来は間違いなく大物になるだろう。ベゴニアはとんでもない子を拾ったかもと震撼《しんかん》していた。

「なんでフェンリル？がここにいるの？」

「この子、リルは私の眷属《けんぞく》だから」

「グル！」

元気よくフェンリルのリルは返事をするが、ウィルの頭には疑問符が浮かんでいる。

「けん、ぞく？」

「私は召喚士だから、魔物を召喚して操る」

「それは凄い」

魔法を使うと、フェンリルを使役できるらしい。それは凄いことだとウィルは頷く。

「グルル」

「とっても大人しい子。可愛いでしょ」

「たしかに、そうかも」

寝そべったリルの頬を撫でてみる。美しい毛並みで、ウィルの不慣れな手にも喉を鳴らして喜んでくれた。

「……度胸あるな。将来大物になるよ」

「おおもの？　しょーかんしの方がいい！」

「それは素晴らしい。ウィルも召喚士になるべき」

ウィルの言葉に目を輝かせるのはシルクだ。弟子が同じ魔法を使いたいと言ってくれるのは嬉しいのだろう。

「それは適性次第だろ。魔法の才と、召喚魔法の適性があればの話だ」

「そっかー」

よくわからないが、難しい道程なのだろう。ウィルはしょんぼりする。

「ま、可能性がないわけじゃない。休憩ついでに少し稽古をつけてやろう」

「けいこ?」

「ああ。ウィルを強くするな」

そう言ってベゴニアは楽しげな笑みを浮かべる。

「剣と魔法、どっちがいい?」

「まほー!」

「即決かよ」

ウィルは子供らしく魔法に憧れた。かつて一度だけ見た魔法が、ウィルの脳裏にこびりつく。

小さな火を灯《とも》す大したことない魔法だったが、あの日から魔法を使うことはウィルの夢だ。

「うちの傭兵団は全員魔法のエキスパート。師匠には困らないぜ」

「ベゴニアも?」

「ああ。剣士に見えるかもしれないが、魔法も使う。両方使えた方が強いだろ」

「なるほど。それは凄い」

ベゴニアは軽く言うが、それは簡単なことではない。まったく違うものを両方極めるのは途方もない才能と努力が必要だ。その言葉は、ベゴニアの積み上げてきた証《あかし》。

間違いなくベゴニアは、世界に名だたる傑物の一人だろう。

「ウィルもできるさ」

「だったらうれしい」

そんなベゴニアの目から見ても、ウィルは普通ではない。

ただの孤児とは思えぬ才能の片鱗《へんりん》。それを感じ、ウィルの未来へ期待を抱いた。

「まずは魔力を感じるところからだ」

「まりょく！　まほーのみなもと」

「よく知ってるな。偉いぞー」

「えへへ」

馬車で副団長に習ったことを、ここぞとばかりに言って胸を張る。

そこは幼児らしい一面だ。

「人類はみな体内に〝魔力〟を持つ。まずそれを感じないと話は始まらない」

「なるほど。勉強になる」

心の中でメモを取りながら頷く。

「魔法ってのは、言ってしまえば魔力を使って発動する不思議な力のことだ。全ての魔法は、魔力がないと発動しない」

源でもあり、エネルギーでもある魔力の感知。それがファーストステップであろう。

全人類に魔力は存在するが、それを感知するのは並大抵ではない。魔力があると自覚するだけでも、数年かかることがある道程だ。

「取りあえず瞑想《めいそう》だな。一年はかかると思っていい。俺は三ヶ月だった。ウィルならもしかしたら半年ぐらいで――」

「――感じた！」

「へっ？」

ベゴニアの解説を妨げるように言われた言葉に、思わずフリーズしてしまう。

何かの間違いかと思った。天才といわれたベゴニアですら三ヶ月かかったのだ。

それでも恐ろしいほど早い。だがウィルは一秒だ。

「いやいやいや。そんな早いわけないだろ!?　何かの勘違いだ。最低でも三ヶ月かかるものだ」

「体の中にたくさん、たまってる。へんなえきたい？　たぷたぷして、あふれそう」

「……それは」

「ねっちょり？　でも悪い感じしない。はいいろっぽい？　凄い力を感じる」

「っ――」

ベゴニアは絶句した。

嘘だと断じるのは簡単だ。しかしあまりに特徴を正確に捉えすぎている。

なら本当に感じたのか、しかし早すぎる。常識ではありえない学習速度だ。

「もしかして……生まれつき感じてたりしたか？」

「わからない。でも、今にもあふれそうな感じは、ずっとあった」

「まさかだが、生まれつき魔力量が多いのか？　それで感じやすくなっている……？」

ベゴニアはそう考察しながら、ウィルを見た。目をつぶって魔力を感じているウィルが、急に化け物に見えた。この子はベゴニア以上の天才かもしれない。辺境の貧民街で死にかけていい器ではない。

「……おーい、副団長、シルク！」

地面に敷物を敷いて本を読んでいた副団長と、リルのブラッシングをしていたシルクを呼び寄せる。

「何ですか？　騒々しい」

「面倒ごと？」

「ちょっとウィルの魔力量計測してくれないか？　二人ならできるだろ」

「ウィル君のですか？」

「いいけど……」

二人共疑問符を浮かべながら、ウィルの頭に手を置いた。

それは他人の魔力量を計測する高等技術。魔法使いとしての技量が高い二人だからできる芸当だ。

「ん？　――ちょっと失礼」

「ウィル、これは――」

そして無表情だった二人は次第に困惑し、目を見開いていく。

「ウィル君……なぜこんなに魔力量が多いのですか？」

「……ありえない。私より多い」

「へっ……？」

二人が感じ取った魔力量は、今まで出会った人達の中で一番と間違いなく言える。傭兵団一の魔力量を誇る、シルクの何倍もあった。

「……わからない」

「シャルノアも、シルクも超える魔力量。ベゴニア、これは思わぬ拾いものだったかもしれません」

「やっぱ、そうなのか……」

副団長とベゴニアは互いに見つめ合い、汗を掻《か》きながらウィルを見た。

そしてシルクはよしよしと頭を撫でる。

「ウィルは、親のことを覚えてる？」

「親？」

「魔力は遺伝するもの。もしかしたら、ウィルの親は凄い人かも」

「んー。お父さんはベゴニア！」

そんなシルクの言葉に、ウィルはとんでもない一言で返した。

「えっ？　隠し子がいたのですか？」

「違うからな！　ウィルは親切な人、イコール父親という認識を改めろ！」

ここまで親切にしてくれるなら親に違いないと思い込んでいるウィルに、強めに言い聞かせる。この調子だとシルクのことをお母さんと言いかねないだろう。

「わかった……親は、知らない」

「そっか。……普通じゃない」

「ええ、ウィル君。君はどこから来たのでしょうね」

三人とも、ウィルが規格外の何かだと認識する。そんな三人に、ウィルは疑問符を浮かべていた。


巨大な壁が迫っていた。

馬車の窓から外を見れば、天を貫くかと錯覚する壁が悠然とそびえ立つ。

二日間の馬車の旅を終えたウィルは、ポカーンとそれを見つめることしかできなかった。

「あれが私達の本拠地のある王都です」

「へー。デカ」

そんな感想しか出てこない。幼いウィルにとっては語彙力が崩壊する巨大さだ。

「昔、この国。ヌーデリア王国とお隣の帝国との戦争。そこで活躍した私達に、国王陛下が下さった屋敷こそが本拠地です」

「大きいの？」

「もちろんです」

馬車は王都の大門へと進み、そこを潜《くぐ》る。フェンリルが一緒にいることに驚いている者達もいるが、大半は気にしていなかった。

大通りをカラカラと馬車は走る。窓から外を見るだけでもワクワクするほど賑わっていた。

暫く走るとまた大きな門にたどり着き、そこは厳重な警備がされている。だがベゴニアが一言門番に伝えればすぐに門は開いた。

そこからは豪華な建物が立ち並び、歩く人々の身なりも綺麗なキラキラした場所だ。

「ここは貴族街。その一等地に私達の本拠地はあります」

「へー。それは凄い」

貴族というものをよく知らないウィルだが、何か凄そうということはわかる。そんな凄い人達の一番凄い場所に住んでいるならそれはとても凄いことなのだろう。ウィルはそう考えて頷いた。

「ほら、見えてきたぞ」

「わー。大きい」

貴族街を進み、見えてくるのは巨大な屋敷。建物どころか庭も広く、門もデカい。

ウィルの瞳は王都に来てからずっとまん丸だ。

「八人で使うには広すぎるくらいです。もっと小さいので良かったのに、国王陛下が一番大きいのをと」

それは太っ腹な話だ。こんなデカい屋敷をもらえるなど、最強の傭兵団とは凄いものだと驚く。

「あのおじさん、結構良い人。ウィルも明日連れてってあげる」

「それはうれしい」

「それは止《や》めてください！」

シルクの突然の提案を、副団長は慌てて阻止した。

王様というのがどれほど凄いかよくわからなかったが、副団長の反応からして結構凄い人なのだろう。ウィルはそう理解する。

失礼極まりない提案をしたシルクに副団長は詰め寄るが、それでは終わらなかった。

「国王陛下へご面会するためには、まず申請をしてですね、長い時間待たないといけないんですよ」

「シャルノアはこの前、王座の感触を確かめると言って、アポも取らず突撃した」

「俺も第一王子をおもちゃにしてるという話を聞いたな」

「……はっ？」

急に爆弾発言をぶち込まれた副団長はフリーズする。

どうやら仲間の一人がやらかしたらしい。その事実に深呼吸して、副団長は頭を振った。

「……さあ、団長の所に行きましょう」

「聞かなかったことにした……」

何も聞かなかった。そうして責任から華麗に逃げた副団長は、この話を終わらせようとウィルの手を引き屋敷への門を潜る。

ベゴニア達も興味がないのか、何も言わずに続いて入っていった。

「私は馬を小屋に戻してくる。報告お願い」

「ああ。了解した」

馬車の後片づけなどをシルクは買って出て、リルと共に馬を誘導して去って行く。その背を見ながら、ベゴニアは安心させるように笑いかけた。

「団長は良い人だから問題はない。気楽に行こう」

「うん。わかった」

見上げるほどに大きな屋敷を見る。三階くらいはあるだろう。ウィルが見たことない巨大な家を前に、あるのは不安ではなく興奮だ。

今までの絶望を塗り替えるほどの希望がここにあると、そう確信する。

「広い……」

「だろ。でも広いだけだ。持て余してる」

「ですね」

屋敷の中はとても広かった。しかし物はほとんどないし、薄暗い。

あまり手入れをされている感じもなく、持て余しているというのも事実だろう。

そんな屋敷を歩き、二階に上がればどことなく恐ろしい気配が漂ってきた。

「ここだ。じゃ、ついてきな。お前の魔力量は凄まじい、その将来性があれば置いてくれるだろう」

「うん……」

大きな扉の前にたどり着く。この恐ろしい何かは、この中から発せられるものだろう。

ビリビリする力を感じながら、扉を開けた二人の後に続いた。

中は薄暗い部屋だった。ガランとして物が何もない、そんな部屋の中心。質素なゴザの上で獅子《しし》の獣人が座禅を組んで瞑想をしていた。

「団長、ただいま戻りました」

副団長の言葉に、団長と呼ばれた男はゆっくりと瞳を開ける。それと同時に感じる威圧感。ウィルは目を見開いて身震いするしかない。

「……くっくっく。よう、戻ってきた」

しかし溢れ出る威圧感と対照的に、団長は優しげに笑った。

白銀のタテガミを触りながら二人を見て、最後にウィルを見る。

立ち上がれば見上げるほどに大きく、初めて獣人を見るウィルはプルプルと震えた。

白銀の毛と、鋭い牙。言うなれば二足歩行の獅子。獣人族と呼ばれる種族であろうが、団長はかなり獣に近い。

そんなウィルなんて丸呑みできそうな団長が、とても怖かった。

「っと。すまんな。子供がおるのに」

団長は震えるウィルを見てそう言う。その瞬間、急に震えが止まった。

「ちょっと癖でな、威圧してまうんや。許してな」

団長はそう言って豪快《ごうかい》に笑うと、大きな手で器用にウィルを撫でる。

急に威圧感がなくなった団長に、ウィルはタテガミを触りたくなった。

「こんにちは、です」

「おお、こんにちは」

下手くそな敬語で挨拶すれば、団長は笑って答えてくれる。

「……おもろい子拾ってきたやん」

「わかるか？」

「えげつない魔力やな。シルク以上。どこの子や？」

「辺境の路地裏」

「嘘やろ」

撫でたついでにウィルの魔力を感じ取り、それに驚愕《きょうがく》すると共に笑う団長。

まさか路地裏で死にかけていた孤児とは思えない。何の冗談かとベゴニアを見るが、返ってくるのは真実を表す苦笑いだ。

「ここに見習いとして置いてやってもいいか？　面倒も責任も俺が持つ」

「もちろん、かまわんで」

「団長ならそう言うと思ってましたよ」

「だっておもろいやんけ。今までで一番の魔力量やで」

百戦錬磨の団長でも見たことないほどの魔力量。将来性はピカ一だろう。

これが辺境の路地裏で倒れていたなど、ありえていい話ではない。

「よし、団長の許可も取った。ウィル、今日から《激獣傭兵団《げきじゅうようへいだん》》の見習いだ」

「うれしい。ありがと！」

「正式な団員になるには最低でも五人の団員に認められないといけないが、見習いとして研鑽《けんさん》を積めば他の奴らもいずれ認めてくれるだろう。がんばれよ！」

「がんばる！」

ベゴニアはそう笑い、ウィルはぐっと拳を突き上げる。何とか命を繋《つな》いだと、そう感じながら。

「では適当に空いている部屋を与えてもよろしいですか団長？」

「そうせえ。空室が多すぎるからなあ」

この屋敷は八人で使うには広すぎるほど大きい。部屋の半分は空っぽで使い切れず、掃除も一苦労だ。ウィルに宛《あて》がう部屋など腐るほどあった。

「よし、じゃあウィル、ついてきな」

「はい」

副団長は報告と打ち合わせがあると残り、ウィルはベゴニアと一緒に部屋を出た。

そして廊下に出て、ほっと一息つく。

「で、どうだった団長は？」

「凄い力。なんか凄かった」

「抽象的だな。まあ仕方ないんだ、団長はよく無意識で魔力を放出してるからな」

「まりょくを？」

「ああ。こんな感じにな――」

――その瞬間、ウィルは体中から冷や汗を吹き出した。

気さくで優しいベゴニアが、急に怖くなる。今すぐ逃げ出したい。そう本能が警鐘を鳴らし、実際に一歩後ずさった。

そしてすぐに、ベゴニアから威圧感が消える。

「ま、こんな感じだ。魔法の基礎技能〝魔力威圧〟と言って、自分の中にある魔力を体外に放出するだけ。それで敵を威圧するんだ」

「へー。とても、怖かった。これは凄い」

「意外と高等技術だが、ウィルならいずれ使えるだろう」

「だったらうれしい」

ウィルは考える。この魔力威圧という技術を習得するのに、どれほどの修練を積めばよいのだろうか。だがいくら考えても扱えるビジョンは見えず、今はまだ夢物語だ。

「うし、ここでいいだろ」

考え込んでいれば、ベゴニアは一つの部屋の前で立ち止まる。

「昔一度、客が泊まった時に使った部屋だ。ベッドは一応あるから、それを使ってくれ」

「わかった」

中は小さな部屋だった。ベッドが隅っこにポツンとあるだけの小部屋。

だがウィルにとっては広すぎるし、今までの住居と比べれば天国と言える。外敵がいない安全な空間というのがどれほど貴重か、ウィルはちゃんと理解していた。

「じゃ、そろそろ夕食だと思うしそれまで休んでいてくれ」

「うん、ベゴニアありがとう」

部屋の中に入ったウィルは、じっとベゴニアを見つめてぺこっと頭を下げる。

「どうしたんだよ急に？」

「ついてきて、めいわくだったかな？」

生きるために必死だったとはいえ、変なことを言って困らせた自覚はあった。

ベゴニアは善意で助けてくれたのに、その上ご飯と寝床をねだるなど図々《ずうずう》しいにもほどがある。

だがベゴニアはそんなウィルを助けて、見習いとして面倒を見てくれた。だからお礼を言うのだ。

「別に、迷惑なんて思ったことねえよ。死にかけた子供を見捨てるなんて、人のやることじゃない」

「そう、なんだ」

「無償の愛ってのは確かにある。親じゃなくてもな。俺はお前に見返りなんて求めてない。その膨大な魔力があるとかないとかも関係ない」

ベゴニアはウィルの頭に手を置いて優しく撫でた。

「子供なんだから、存分にわがまま言ってみろ。お前はもう、うちの子だ」

「ベゴ、ニア……？」

優しさなんて、ウィルの記憶にはない。こんなに親切にしてくれた人をウィルは知らない。

そこにある愛に、自然と涙がこぼれ落ちた。

「泣いてんのか？」

「あ、うっ……だい、じょうぶ」

「存分に泣いていいぜ。子供なんだから」

泣いた記憶などない。泣けば殴られるから、自然と涙はでなくなった。

だがベゴニアの優しさは、涸《か》れたはずの涙すら蘇《よみがえ》らせる。

ベゴニアにとっては何てことない行動かもしれないが、ウィルの心を満たすにはそれで十分だ。

十分を通り越して、有り余る。

ウィルは泣き続けた。過去の不遇を清算するかのごとく。

ベゴニアはずっと、側《そば》にいてくれた。


涙が涸れたのは二十分以上経《た》ってからだった。

ウィルが落ち着いたところで、ベゴニアは出て行き一人になる。

赤くなった目でじっと部屋を観察するが、疑問が湧いてきた。

「なにすれば、いいんだろ……」

ポツンと独り言を言ってみる。だがそれも部屋の中に消え、誰かが答えてくれることもない。

夕食の時間になれば呼ぶから休んでおけ。そう言っていたが、休むというのは難しいことだ。

外を見れば日が沈もうとしている時間。夕食まで寝ていればよいのだろうか。しかし眠気はない。

「わかった、たんけん。です」

いろいろ考えたウィルは、そんな子供らしい結論を出した。

未知の場所を探検するというのは、男の子の心をくすぐるもの。大人しい子供であるウィルとて例外ではない。

ということで、何とか扉を開けると外に出てみた。

「広い、ろうか」

何もないガランとした広い廊下がウィルを迎える。一見掃除されているように見えるが、細部には埃《ほこり》が溜まっていたりと雑な手入れだ。

そんな廊下を、ウィルは適当に進む。人に出会えるかと思ったが、そんな気配はない。

この百人も住めそうな屋敷に今は数人しかいないから当たり前か。

「ん……？　良いにおい」

適当に進んでいると、ふと鼻腔をくすぐる美味《おい》しそうな匂いがした。

フラフラと、それに惹《ひ》かれるようにウィルは歩く。するとたどり着いたのは一つの部屋だ。

「キッチン？」

そこは綺麗に整頓されたキッチンだった。

そのキッチンの焜炉《こんろ》には、コトコトとスープが煮えている。これが匂いの大本だろう。

だが人がいない。

「だれもいない。だいじょうぶかな……？」

ウィルは焜炉の前に移動した。弱火でコトコト煮られているスープだが、火を消すべきだろうかと思案する。

かつて幼いウィルは、鍋を火にかけっぱなしにして大火事になりかけた。その経験から考える。

老人に沢山怒られ殴られたトラウマが蘇り、火を消そうとするが操作方法がわからなかった。

「どうするんだろ？」

未知の機械から出る火。薪《まき》を使った火以外の経験がないウィルには、難しいものだ。

それに格闘している故に、ウィルは気づかなかった。背後から近づく、気配に。

「坊主――」

そんな声と共に、首筋に冷たい物がそっと置かれる。

あまりに冷たい声に震えながら首元を見れば、そこにあったのは包丁だ。

包丁が、ウィルの命を刈り取ろうと首筋に当てられていた。

「盗みか、感心しねえな。ここが《激獣傭兵団《げきじゅうようへいだん》》の本拠地と知っての狼藉《ろうぜき》ならいささか無知だぜ」

ウィルはゆっくりと振り向いた。そこにいたのは一人の男だ。

赤いドレッドヘアーで、綺麗に整えられた髭《ひげ》を左手で触っている。四十歳は超えた見た目だが、背は百五十センチ台前半程度だろうか。男にしては低いが、彼がドワーフであると考えれば高いだろう。

ウィルは知らぬことだが、男の特徴は全てドワーフのものだ。

「罰は与えにゃなるまい。……子供とて、容赦はしねえぞ」

ドワーフの男は、冷たい瞳でウィルを見下ろした。

そして強烈な殺気を飛ばし、僅かでも動けば首が落ちると伝えてくる。

それは団長やベゴニアが見せてくれたものと同じ、魔力による威圧。恐怖が湧き出る。すぐに逃げ出したくなる。しかしウィルは、冷や汗を掻きながらもにこやかに笑った。

「こんにちは」

いろいろ考えるも、そう言ってみる。

「はあ？」

ウィルの言葉が想定と違ったからか、男は少し困惑げに見下ろしてきた。

「おい、殺すぞ」

「それは怖い。です」

だがあまり怖がっているようには見えない。

ウィルは確かにプルプルと震えているが、一歩も引くことなく男と対峙《たいじ》していた。

「怖そうには見えねえな。なぜ、怖くない？」

「……本当にころす気なら、とても怖い。でも、本気じゃない」

「っ！」

男はウィルの言葉に、目を見開いて驚いた。そしてそれは正解だ。

男は確かに殺気も魔力も飛ばしたが、それはあくまで脅し。

反省して泣いて謝るならそれで許して、もう二度とするなよと、そういうプランだ。

「なぜ……わかった？」

「とても……やさしかったから」

ウィルは五歳ながら、潜った修羅場も死線も並ではない。

貧民街で五歳の少年が一人で生きるとはそういうことだ。

ベゴニアのを一度受けて慣れたのと合わせ、過去の経験から男の殺気が優しすぎることを見抜いていた。

「ちっ。盗人《ぬすっと》のガキがこんなに鋭いとは思ってもみなかったぜ」

「ぼくは、そんなんじゃないよ」

「あん？　じゃあ何だってんだよ」

「今日から、ここにおいてもらう。ウィル、です」

ウィルはぺこっとお辞儀をする。その様子を見て、呆気に取られたような表情をする男。

だがすぐに納得したような顔で頷いた。

「なるほどな。俺はこの《激獣傭兵団《げきじゅうようへいだん》》の料理人兼団員。ウァードックという」

「……信じるの？」

「もし盗人なら、団長が先に気づいて始末してるだろうからな」

「へー。それは凄い」

団長を思い出す。確かにあの人ならばすぐに気づいて始末するぐらいわけないだろう。

「まあ仲間だってんならよろしくな」

ウァードックは火にかけてあるスープの様子を見ながらそう言った。

「今から夕食を作るから、楽しみに待っていろ」

キッチンに立ったウァードックは、様々な道具を駆使して料理をする。

魔導冷蔵庫や魔導焜炉といったウィルの知らない物を使う料理は、まるで魔法みたいだ。

ウィルはその様子を、じっと見つめていた。

「なあ、何で見てるんだ？」

「……手伝う！」

ウィルはウァードックの横に立つと、そう言う。

「手伝う？　何言ってんだ」

「はたらかざるもの。食べちゃだめ？だっけ」

それはかつて親代わりの老人に言われたことだ。その言葉と共に馬車馬のように働かされたが、言葉自体は良いものだとウィルは思う。

それに、みんなの役に立ちたかった。初めて親切にしてくれたベゴニア。いろいろ教えてくれた副団長。師匠になってくれたシルク。

良い人達ばかりだ。ウィルが今まで生きて来た世界ではありえない優しい人達だから、恩返しをしたい。ウィルの中にあるのはそれだけだ。

「そうか……」

ウィルの純粋な瞳を見て、ウァードックはニヤリと笑う。

「まずは野菜を切るんだ。皮むきはできるか？」

「もちろん！　一通りできる」

かつて親代わりの老人に教えられた技術だ。

できなければ殺されるという状況であったために、幼いながら必死に身につけた。

それがここで役に立つならば、あの日々も悪くはなかったのだろう。

「よし、じゃあ手伝ってもらうかね」

キッチンはドワーフであるウァードック用に少し低い。それは幼いウィルにとっても丁度良かった。

我流だった包丁の扱いを教えてもらい、切り方や焼き方。料理のいろはを伝授される。

そんな料理の師匠を見つけたウィルはスポンジのように吸収し、ウァードックも舌を巻くほどの成長を見せるのだった。


屋敷の食堂にて、ウィルは忙しくチョロチョロ動き回っていた。

料理が載ったトレーを慎重にテーブルまで運び、それを繰り返す。小さなウィルのその姿は、見ていて微笑《ほほえ》ましかった。

ウィルは最後に自分の席にトレーを運ぶ。ウァードックが作った料理はとても美味しそうで、ウィルは自分が食べていいのか不安になる。

三度も確認して了承を得たので、恐る恐る席についた。

「へえ。ウィルも手伝ったのか。やるな」

「ウィル坊は中々筋がいいな。これならいずれ料理を任せてもいいかもしれない」

「がんばります」

だがウィルは自分が料理をしている姿が想像できない。

それほどにウァードックの技術は素晴らしく、見ていて惚《ほ》れ惚《ぼ》れする。とてもウィルでは習得できる気がしなかった。

「もう食べよ。せっかく、ウィルが作った料理。冷めちゃう」

「せやせや。美味《うま》いもんは熱い内に食うのが鉄則やで」

シルクと団長はフォークを手に今か今かと待っていた。

「では食前に感謝の祈りを捧《ささ》げましょう」

「そんなもんええわ。さっさと食おうや」

副団長の言葉を遮って、団長は料理に食いつく。それを合図に食事は始まった。

「はぁ……」

副団長は溜め息をつく。しかし誰も気にしていなかった。いつものことである。

「ふくだんちょー。何かするつもりだった？　今からする？」

「いいえよいのです。いつものことなので。……ウィル君はとても良い子ですね。さあ、熱い内に食べてしまいましょう」

そう言う副団長の言葉に頷いて、ウィルはフォークを持つ。シルクに教えてもらった食器の使い方も、様にはなっているだろう。

見た目からしてキラキラ輝いているウァードックの料理に、恐る恐るフォークを刺す。そしてゆっくり、口に運んだ。

「んっ！」

それはウィルの知らない味の世界。今まで食べていたものは何だったのか。そう思わせてくる。来る前に食べた食堂のご飯や、道中の携帯食もウィルにとってはごちそうだ。だがこれはそれ以上。自分程度が食べていいものだろうかとキョロキョロするが、誰もウィルを咎《とが》めるものはいない。

それを見て、やはりみんな良い人だと再確認した。

「他の団員も紹介したいが、まだ帰らないか？」

食事が一段落すれば、会話タイムだ。ウィルの知らない残り三人の話題が出る。

「ええ。シャルノアとニャルコは任務で東部に。もう一人はいつも通り帰ってきません。どこで何をしてるやら」

「次あの馬鹿に会えるのは半年後かな」

どうやら二人は任務。一人は行方不明らしい。

任務はいいとして、行方不明はいかがなものか。しかしみんな、半年もすれば帰ってくるだろうと楽観的だ。

「ですがシャルノア達には早く帰ってきてもらった方がいいですね」

「キナ臭えって話だろ？」

「そうです。この国とお隣の帝国との戦争が終わってまだ六年程度。それを突いて悪さをする馬鹿がいるようですので」

副団長は溜め息をつき、ウァードックは面倒くさい話だと首を振る。

「なんか、たいへんなの？」

「問題ない。私達は最強だから」

「せやな。ワイが全部ボコボコにしたるさかい、安心せえや」

ウィルは不穏な話にそう聞くが、シルク達は笑顔で安心させてくれた。

何か悪い奴がいるのだろうが、《激獣傭兵団《げきじゅうようへいだん》》の面々に不安は欠片《かけら》もない。

「子供に聞かせることではありませんね。あとで団長と話しておきます」

「せやな」

これは子供に聞かせる話ではないらしい。ウィルは納得して、それ以上は聞かなかった。

「この話は終わり。子供は寝る時間」

「その前に風呂だな。一緒に入るぞウィル」

「うん。ふろ？」

風呂という物をウィルは知らないが、どうやら必要なものらしい。

食事を終えたウィルは、連れられるままにベゴニアと共に風呂場へと赴《おもむ》いた。


「ふう。さっぱり」

「そう。良かった」

初めて風呂なるものに入って、綺麗になったウィルは満足げな笑みを浮かべる。

その隣には、その後に風呂に入ったシルクが一緒に歩いていた。

ベゴニアは用事があるということで、ウィルの世話はシルクにバトンタッチされて一緒に部屋へ戻っているところだ。

「ん。ベッドしかないね。何か欲しい物ある？」

「欲しい？　とくにない」

ウィルの部屋にたどり着き、ガランとした室内を見てシルクは言う。

さすがに殺風景《さっぷうけい》だと思うが、安全な寝床と美味しい食事だけでウィルは満足だ。

「そう。無欲だね……一人で寝れる？」

「一人で？　うん」

まだ五歳のウィルにそう聞いてみるが、シルクの言っている意味がわからないと首を傾《かし》げながら頷いた。

「だれかと寝たこと、ないし」

「え!?　……いや、そっか。そうだよね」

孤児であるウィルは、ずっと一人だ。周りの人間には恵まれず、大凡《おおよそ》人の愛を感じたことはない。

そんなウィルにシルクは悲しげな顔をした。

「でも、馬車で。……みんなと寝たのは、楽しかった、かな」

ここに来るまでの二日間の馬車の旅。道中の睡眠は、馬車の中での雑魚寝だ。すぐ隣に人がいるのに眠るというのは新鮮だった。そして楽しかった。

「そっか。……じゃあ今日は一緒に寝る？」

「ししょーと？」

「うん。寂しいかなと思って」

「それはうれしい」

まだ幼いのに、不幸な人生を歩んできたウィルをどうにかしたいと思ったのか、シルクはそんな提案をする。それにウィルは目を輝かせて頷き、共に眠ることが決まった。

準備を整えてウィルの部屋に備え付けられたベッドに寝転がる。

シルクは自分よりも小さなウィルを可愛がるように、よしよしと撫でてくれた。

「私も、あまり良い生まれじゃなかった。友達はリルだけ」

「そうなんだ」

「うん。親からも愛されなくて、ずっと一人だったから……少しはウィルの気持ちがわかると思う」

不遇な幼少期を過ごしたのはシルクも同じで、だからこそ同じく不幸なウィルを気にかけているのだろう。

自分と同じように孤独なウィルを、自分だけは愛してあげたいとそう思って、頭を撫でていた。

「よしよし。これからは、一人じゃないよ。私も、ベゴニアも。他のみんなもいる」

「……ほんとに？」

「うん。ほんと」

シルクの優しい手が心地よい。その愛に胸がポカポカする。そして湧き上がるのは、これがもっと欲しいという欲求だ。

ウィルの目的は生きることだ。呪いのように染みつく生存本能だけが全てだった。

しかし今は、それ以上にこの温かさが欲しい。いや違うか。この愛が欲しかったから、今まで生き汚くも生きてきたのだろう。これが心の奥底で、真に求めていたものだ。

「お休み。ウィル」

シルクの声が聞こえる。その温かさにいつの間にか目をつぶっていた。

そして夢の中でふと思い出す。とても温かいこの愛を、かつてどこかで体験した気がすると。

思い出せないぐらい、ずっと昔に——。


懐かしい夢を見ていた。まだ三歳ぐらい。ようやく赤子を抜け出したようなウィルに待っていたのは、過酷な労働だった。

『誰のおかげで飯を食えていると思っている！』

それを口癖のように言う老人は、暴力を盾にやりたい放題。与えられた飯も残飯のようなものであり、とても威張れる物ではない。

だが三歳のウィルは、そんな残飯を食うために必死だった。

『さっさと働かんか！』

三歳というまともな会話すら難しいウィルを、無料の労働力だとでも思っていたのだろう。

だが逆らうことは許されない。逆らえば最後殴り殺される。あるいは死にかけで外に放り出される。

老人の言葉に大人しく従うことだけが、ウィルに許された道だ。

しかし三歳だ。物を持つこと、話すことすら難しく、老人の求めるレベルに達するはずがない。

しかしできないということは許されない。

本来不可能なことをやらないと死ぬ。極限の状態に陥ったウィルは、その身に秘めた魔法の才能を引き出して、必死に頑張った。

頑張って、頑張って、死にそうになりながら必死に生きる。そんな日々に思っていたのは、本当の親のことだ。

親とは、愛してくれるものらしい。そう誰かが言っていた気がする。

本当の親なら、この地獄から連れ出してくれるのではないだろうか。

ずっとそんなことを考えていた。その希望にすがって、生きてきたのだ。

しかし親は現れず、絶望がウィルを支配していた四歳の頃、老人の死によってその地獄は終わった。

最初は歓喜した。しかしすぐに悲観することになる。

たとえ解放されようと、矮小《わいしょう》なウィルが一人で生きていける世界ではなかったから。

残飯のような飯にすらロクにありつけなかった。どこもかしこも食うのに精一杯。王国の闇の部分といえる身分の格差は、幼いウィルを苦しめる。

皮肉にも、老人の庇護下《ひごか》にあったから生きていた面もあるのだろう。

最後は空腹からガラガラ草を食べて死ぬ。そんな下らない結末が、ウィルの人生だ。


「ウィル、大丈夫？」

優しい声が聞こえた。穏やかな温《ぬく》もりを感じた。それに導かれるように、ウィルはゆっくりと目を開ける。

「……ぼく、生きてる？」

「ん？　もちろんだよ」

ガラガラ草を食べて苦しみながら死ぬ。そんな結末ではなかったか。だがシルクの心配そうな顔を見て思い出す。

「そっか。そうだった」

ウィルは生き延びたのだ。下らない人生で終わらなかった。優しい人達に出会えた。

「ししょーは、あたたかい」

「そう？　ウィルがうなされてたから。それなら良かった」

ウィルは、シルクの胸に抱きしめられていた。その温かくて優しい感触に、怖い夢が嘘だったように解きほぐされていく。全身でシルクの愛を感じながら、ウィルは穏やかな顔をしていた。

「起きよっか。ウァードックが朝ご飯、作ってくれてる。はず」

「うん。楽しみ」

朝日が昇っているところだが、ウァードックは日が昇る前に起きて料理をしているらしい。

それほどに料理好きなウァードックの朝食に唾液がこみ上げ、ウィルは飛び起きる。

「ししょー。ありがとう」

「ん？　どうしたの？」

「ししょーがいっしょに寝てくれたから、怖くなかった」

もしウィル一人であの夢を見ていたら、ここまで元気でいられなかった。

シルクが側にいて抱きしめてくれたから、今ウィルは笑顔でいられるのだ。

「だから、ありがとう！」

「……ウィル」

そんな健気《けなげ》で純粋なウィルに、シルクは胸がキュンとする。

「可愛い……」

「あうっ」

「よしよし。私が、守ってあげるね」

「ありがとー。もごもご」

愛《いと》おしさのあまり、抱きしめてしまった。胸に抱いてよしよしと撫でれば、ウィルはモゴモゴ息苦しそうにうごめく。それに気づくことなく、抱擁は暫く続いた。


食事をする。その後は自由時間だ。

シルクが名残惜しそうにお仕事に出かけたので、食後はベゴニアと共にいた。

そこでやるのは特訓である。傭兵団見習いとして、強くなるためにサボっていられないのだ。

「おいおい……嘘だろ」

しかしベゴニアは、呆《あき》れたような驚いたような顔でウィルを見ていた。

「なにが？」

「お前が教えてから一分で〝身体強化〟を習得したことだよ。凄まじいな」

「そうなんだ」

キョトンとするウィルの体は、薄く輝いていた。それは魔力による輝きだ。

「魔法の初歩。基礎技能といえど、一分で習得は異次元だ」

体内の一部に溜まり、ゆっくり循環する魔力の流れを、高速化して身体《からだ》を強化する初歩魔法の一つだが、ゼロからのスタートであれば普通は半年かかると言われている。

魔力を感知することと合わせれば三年かかっても平均だろう。

だがウィルは説明を聞いてすぐにそれをなした。まずありえない、規格外だ。

「たぶん、もともと使えてた。と思う」

「使えてた？」

ウィルは今の感覚を、過去の記憶から探る。確かに過去何度か、この状態になったことはあった。

「こうやって、体強くしないと、殴られたから。やらないと、いけなかった」

かつて老人の庇護下にあった頃、ウィルの仕事は家事などであった。

だが三歳のウィルがそれをなすなど不可能で、しかしやらねば殴られる。

故に生存本能から、身体強化を自力で習得したのだろう。魔力を利用して、肉体を強化する。これがあったから家事をこなせたし、老人の暴力で死ぬこともなかった。

「なるほど。生まれつきの膨大な魔力故に発動しやすかったのかもな。苦労したんだなウィル」

「ん……」

ウィルの悲惨な過去を感じ取り、よしよしとベゴニアは撫でる。

ベゴニアの過去も相当なものがあるが、ウィルは恐らくそれ以上だろう。

そんな過去を塗りつぶせるぐらいの優しさが、ベゴニアの手にはあった。

「体内の魔力を循環させるだけの基礎技能だが、これがあれば生きるのも楽になる。暫くはこれを鍛えてみろ」

「うん、そうする」

「団長は基礎技能の達人だからな。身体強化に関しては団長に聞いた方がいいかもしれない」

「わかった！」

そう言いつつも、団長のことは少し怖い。豪快で明るく悪い人ではないのだが、獅子獣人の見た目と垂れ流している魔力のせいでちょっぴり苦手だった。

「俺はこのあと仕事がある。だから今日は、続く限り身体強化を発動し続けるんだ。それ以外は自由にしてくれていいぜ」

「うん。がんばります」

時間が許すまで教えてもらい、ベゴニアが出かければ一人になる。

自由にしていいと言われても、娯楽など何も知らないウィルはやることを思いつかない。

誰かのお手伝いをするべきかと思ったが、屋敷にいるのはウァードックと副団長、団長のみ。手伝いを欲しがっている人はいなさそうだ。

「なにしよう……」

庭をうろうろしながら、そう呟《つぶや》いてみる。

「んー」

身体強化の鍛錬でもするべきか。しかしもうしている。

ずっと発動しっぱなしだが未《いま》だ限界は見えず、これ以上のことはできない。

剣でも振るってみるかと考えるが、あまり勝手なことをしてもよくないだろう。

そうやって考えながら歩いていると、庭の隅。木陰で寝転がっている者を見つけた。

「あ……」

「んー。……何やウィルか。何してるんや？」

「だんちょー。えっと、おさんぽ」

昼寝をしていたのは団長だった。獅子の獣人である団長はやはり威圧感が凄い。だがそれ以上に、ビリビリとした魔力を放っていた。

恐怖が沸き上がるが、静かに蓋をして鎮める。

ウィルは何とか心を落ち着かせて、団長を真っ直《ます》ぐ見つめた。

「何や、ワイが怖いか？」

「ぜんぜん……怖くない。です」

それはやせ我慢だ。基本的にあまり怖がらないウィルだが、団長を前にすると恐怖を抱く。

「嘘はつかんでいい。ワイが魔力を垂れ流しちゃうんは、どうにもならん癖でなあ。堪忍してな」

「だいじょうぶ。ふくだんちょーの方が、怖いから」

「はっはっは！　そうかそうか。確かに副団長は怖いな」

第一印象は基本怖い人になる副団長。しかしウィルは苦労人であると知っている。

実際は団長の方が怖い。

「んー。何やウィル、身体強化を発動しとんのかい」

「しゅぎょー、してます」

「なるほどな。……せや、身体強化はワイの十八番《おはこ》や。教えたろか？」

「えっと……じゃあ、お願いします」

確かベゴニアも言っていた。団長は身体強化の達人であると。

ならば強くなるために断る理由はない。少し怖いけれど、ウィルは頷いた。

「身体強化ってのはまあ簡単な技や。練習すれば誰でもできる。だがその分、奥の深い技や」

「うんうん。わかりました」

「よし。じゃあワイも身体強化してみよか」

団長はふぅ、と息を吐く。そして次の瞬間、風が吹いた——。

団長を中心に荒々しく吹き荒れる、魔力の覇気。

思わず逃げ出したくなるが、ウィルは負けじと気合いを入れることで何とか耐える。

「まあ全力の十分の一ぐらいや」

「す、凄い」

「見せたる。鍛えると、こんなこともできるようになるんや」

団長はしゃがんだ。そして一気にジャンプする。だがそれはジャンプに収まらなかった。

空高く、団長は跳ぶ。そして凄まじい衝撃を放ちながら一気に落下した。

それでも団長は無傷だ。

「ただのジャンプでこんな高く跳べる。王都を囲む壁だろうが、ワイにとってはないも同然や」

「それは凄い。どうやるの？」

「そのためには、さらに鍛えるしかないな。イメージするんや。体ん中の魔力が熱を持って、さらに加速するようにな」

団長に言われた通り、目をつぶってイメージしてみる。

体内の魔力の流れを加速させ、高速循環するイメージ。

するとどんどん体が熱くなってきた。だが悪い感じではない。これはどこかへ走り出したい気分だ。

「ウィル、それで走ってみぃ！」

団長の言葉通り、ウィルは走り出した。

「っ！」

自分は今、風になっている。そう錯覚する。身体能力が圧倒的に向上していた。

だが向上しすぎて自分でもコントロールしきれない。ウィルは何とかコントロールしようとするが、速さに振り回された。

そして気づけば、庭の塀が目の前に迫っている。

「ぶつかるっ！」

止まろうとするが、止まれない。その速さのままにウィルは塀に激突——することはなかった。

「気をつけるんやで。高い出力に振り回されとる。練習あるのみや」

「あ、ありがと」

激突しようとしていたウィルを、団長が受け止めてひょいっと抱えてくれる。

その状態で、ウィルは反省タイムだ。

「とても速い。むずかしいし」

「出力を上げれば、それをコントロールする難易度も上がる。ウィルはちょっとずつ上げてこうか」

団長はそう言うと、ウィルを地面に下ろしてくれた。

「でも筋はええな。才能あるで」

した。

「それはうれしい」

「他にもそうやな……〝魔弾〟っちゅう技も教えたるわ」

そう言って団長は、手のひらに魔力の塊を浮かべた。

「魔力の塊をただ撃ち出すだけ。そんな単純な基礎技能が魔弾や。ほれ」

団長は生み出した魔弾を遠くに生えていた木に向かって放つ。すると大きな衝撃と共に、木を揺らした。

「これは凄い」

「ちょいと手加減したが、本気でやれば王城も吹き飛ばせる凄い魔法やで。ウィルもやってみいや」

「んー。こう、かな『魔弾』！」

ウィルも真似《まね》してやってみるが、まず魔力を外に出すことが難しい。それを放つことも考えれば、身体強化よりも難易度は高いだろう。

魔力を外に出すこともできずに四苦八苦するウィルに、団長は優しく笑いかけた。

「まあ、練習するしかないな。やることないんやったら、その練習でもしとればええ」

「うん。そうする」

魔弾の習得。身体強化練度を上げる。それを目標に、ウィルは拳を突き上げる。

「ワイはもう行くけど、あんま根を詰めすぎたらあかんで」

「んー。でもがんばる」

強くならないといけない。今のウィルは圧倒的に弱くて、みんなの役に立つこともできないから。

「……そんな焦らんでもええ。まだまだ子供というか幼児なんやから」

「でも、みんなの役に立ちたい」

「その気持ちは嬉しいけど、子供が伸び伸びと育ってくれることが一番の恩返しやで。ウィルもよく食べて、よく寝て、よく遊ぶ。それでええんや」

団長はウィルの頭に手を置いて、わしゃわしゃと撫でる。

その荒っぽさとは対照的に、とても優しい手だ。

「大丈夫や安心せえ。人間、生きてるだけで偉いんやから」

そしてウィルを安心させる言葉を、優しい声でかけてくれた。

「だんちょー……」

何で団長が、団長なのかわかった気がした。怖いと思っていた団長のイメージが一気に変わる。団長は、みんなを包んで導いてくれる頼りになる人だ。

ウィルはその温かさに胸を押さえる。ずっとこの温かさが欲しかったのだろう。

「ん。ほどほどに、がんばる！」

団長の言葉を胸に、ウィルは動き出す。

よく食べて、よく眠り、よく動く。《激獣傭兵団《げきじゅうようへいだん》》の下《もと》でウィルは、伸び伸びと成長した。

そしてウィルが拾われて、およそ一ヶ月が経過した——。

エピソードⅡ 召喚士ウィル

ウィルが《激獣傭兵団《げきじゅうようへいだん》》の下《もと》にやってきて早一ヶ月。その間様々なことが起こったと言えるだろう。

それは楽しいことばかりではなかったが、笑顔が絶えることなき一ヶ月だった。

しかし一ヶ月も経《た》てば問題が浮き彫りになる。大人達《たち》は由々《ゆゆ》しき事態に、顔をつきあわせていた。

「では第一回、ウィル働き過ぎじゃね会議を始める！」

「パチパチ」

ベゴニアとシルクという二名の大人で始まった会議の議題はそれだ。

「早急にどうにかしないといけない」

ウィルがこの屋敷にやってきて変わった最たるものは、みんな暇になった、ということだろう。

屋敷の家事は、料理以外当番制である。それをみんな嫌々やっていた中で、ウィルはその全てを引き受けた。家事という家事、雑用という雑用。それをウィルはどんどんこなした。

無論当初こそあったのは歓喜だ。面倒くさい家事がなくなれば喜ぶのは当たり前だろう。

しかしすぐに心配になった。ウィルが働きすぎるから。

あまりに働きすぎる。朝から晩まで働いている。何だったら夜中まで働いている。

まだ五歳程度のウィルがそのような状況であるから、常識ある大人達は会議を開いていた。

「シルクも思っていると思うが、さすがに働きすぎる」

「うん。幼児がやる仕事量じゃない」

最初はお手伝いをしたい年頃なのだろうと油断していた。しかしすぐに気づく。

やっていることが五歳児がしていい仕事量ではない。

まず広大な屋敷の掃除。料理のサポート。庭の手入れ、洗濯、馬の世話、その他諸々《もろもろ》。

それを毎日行っていた。無論のこと五歳児がやるのは不可能な量であるが、ウィルは身体強化をフル活用することで強引に解決。もう手がつけられない状況だ。

「そろそろ、体壊す気がする」

「だよな。毎日休まずだからな。ついこの前は夜中の一時まで雑用してたし」

身体強化によって疲労知らずのウィルは、ついこの前まで夜中の一時まで働き詰めだった。

その上朝は五時起き。睡眠時間四時間という狂気のスケジュールに、さすがにそれはやめろと傭兵団総出で止めたのは記憶に新しい。

粘り強い交渉の末に夜の九時には寝てくれることになったが、それでも五歳児がやることではない。

「あれでウィルは無理せずほどほどのつもりだからな」

「それも全部、親代わりの老人のせい」

前やっていたことに比べれば大したことないと笑顔で言うウィルに、何て声をかければいいのだろう。そんなクソみたいな扱いをした老人が生きていたら、殴り込みに行ったところだ。

「ウィルは無敵なのか？」

「かもしれない」

もはやウィルは人間ではないのかもしれない。路地裏で死にかけていたのも、何かの擬態なのかと疑問を抱く。それほどにウィルは人間離れしていた。

「仕事を減らそうとしたら拒否するしな。強引に減らせば鍛錬するし。もう強制的に休ませないといけない」

「間違いない」

働き過ぎだから家事はやらなくていいと副団長も交えて説得にかかったこともあった。

しかし仕事を減らせばそれを鍛錬の時間に回して休むということをしないのがウィルだ。

「ウィルは休むってことを知らないんだ。だから俺達が教えないといけない」

「それが大人の役目」

ちゃんと子供の教育をすることこそが大人の使命である。

休むということを教え、ウィルを真人間に戻さないといけない。

「あと、給料も。渡す」

「だな。それは大事だ」

明らかに給料の十万や二十万貰《もら》ってもおかしくない仕事量であるのに、ウィルはそれを全て拒否していた。

安全な寝床と美味《おい》しいご飯を貰っているからこれ以上貰えないと、渡した給料がいつの間にか返ってきている始末。

正当な報酬を貰わないというのは、やはりよくないことだ。

「ということで、俺達が動かないといけない。みんな諦めてしまったが、それは駄目だ」

「ウィルに休むことをちゃんと教える。あと適正な仕事量に戻す」

「がんばるぞー」

「必ず成し遂げる」

確固たる決意を固めた二人は、キリっとした顔でウィルの下へと向かった。


「休み？　それをとるの？」

丁度廊下の掃き掃除をしているウィルを見つけた二人は、真剣な顔で取り囲んでいた。

もう観念しろとばかりの布陣だ。

「ああ、休め。さすがにもう休んでくれ」

「掃除、あと少しで終わる。昼食の手伝い。おかたづけ。ゴミまとめるのと、ふくだんちょーのお手伝い。倉庫も掃除。お風呂もやって、そしたらちょっと時間できる」

「いやいや今日はそれを全部しなくていい。というか普段からその仕事量はやめろ！」

「そう、子供はもっと遊ぶべき」

「……？」

何を言っているのだこの人はと、そんな顔をするウィル。

その様子に早く対処しないとまずいことになると直感した二人は、強硬策に出ることにした。

「仕事も訓練も、今日は全部禁止な」

「えっ……？　ぼく、いらない子ですか？」

うるうると今にも泣きそうな顔をするウィル。

「ち、違う。違うぞウィル！」

「そう、だから泣かないで。ウィルがとても大事だから、休ませるの」

「ししょー。……でも休むってなにするの？」

「好きなことをする」

「じゃあ掃除する」

そう言って掃き掃除に戻るウィル。

「いやいやいや！　それは駄目なんだ」

「ん？　好きなことだけど」

「好きなことでも、働いたり鍛錬したりは駄目なんだ。寝たり遊んだり、そういうことをするのさ」

「遊びってなに？」

これは重症である。遊ぶことを知らない子供に、ベゴニアは自然と涙が出てきた。

ベゴニアがウィルくらいの頃は遊んでばかりだった。ロクに鍛錬もせずに親を困らせていた記憶もある。

ベゴニアは誓った。ウィルに遊ぶことを教えると。

「よし今日は城下町へ遊びに行こう。休暇を取るんだ」

「……わかった。今日やること全部やったら、やってみる」

「いや、それはしなくていいんだ。今すぐ遊びに行ってこい」

「でもぼくがやらないと」

「いいや俺がやる。団長とかも全員駆り出す！」

「ウィル、今日は私と遊びに行く。拒否権はない」

二人の鬼気迫る顔に、さすがのウィルも頷《うなず》くしかなかった。


ウィルは王都という場所をよく知らない。屋敷の外に出たことはなく、今日が初めての王都散策である。休むというのはよくわからないが、王都を見られるなら楽しみだった。


「お待たせ」

屋敷の門の前で待っていると、着替えたシルクがやってきた。

いつもはパーカーにショートパンツとラフな格好をしているシルクだが、外に出るということで白いニットセーターにミニスカートとお洒落《しゃれ》な格好だ。

密《ひそ》かに着飾るのが好きなシルクは、いろいろな服を持っているらしい。

「ん、ししょー。待ってない」

「なら良かった。……けど、何でエプロン？」

「これ？　これしか持ってないから」

ウィルはと言えば、シンプルなシャツにエプロンを身に着けたいつもの格好。

というか仕事中の格好だ。

「ベゴニアに任せた弊害。服も、買いに行こうか」

「服？　とても高いと聞く。ベゴニアもなんであんなに高いんだって、言ってた」

「お金なんて腐るほどあるから心配しない」

数ある傭兵団の中でも最強と謳《うた》われる《激獣傭兵団《げきじゅうようへいだん》》の依頼料は相応に高い。現在はこの国、ヌーデリア王国に大金で雇われているのもあり、一生遊んで暮らせる金があった。

だがベゴニアはかつての貧乏生活が祟《たた》って、その感覚から抜け出せないようだ。

「そっか。わかった。この服じゃ、だめなんだね」

「そう。服は人を創るという。ちゃんとするべき」

「うん。ししょー可愛《かわい》いもんね」

「そう、私はかわい……」

急にぶち込まれたウィルの言葉に、一瞬動きを止めるシルク。

その言葉の意味を理解するのに数十秒かかり、次第に頬を赤く染める。

思えば人に可愛いと言われることはそうない。仲間はアホばかりだし、シルクを知る者も可愛いより怖いと先に言う。こんな純粋な瞳で言われたのはいつぶりだろうか。

「どうしたのししょー？」

「……小悪魔」

「あうー」

その柔らかそうなほっぺを触りながらジト目でウィルを見る。

こう無自覚にサラっと褒めてくるとは、将来は女の子を泣かせる酷《ひど》い男になりそうだ。

懲らしめてやるとばかりに、照れを隠すようにぷにぷにとほっぺを触り続けた。

「ふう。……堪能した」

「んー。のびちゃったかも」

存分にウィルを可愛がったシルクと、己の頬を心配そうに触るウィル。

「大丈夫。それより、さっそく行こう」

そう言って、シルクは右手を差し伸べてくれた。その手をウィルは不思議そうに見つめる。

「手……？」

「うん。最近、王都も治安、悪いから」

「……そっか」

ウィルは戸惑いながらも手を握る。誰かと手を繋《つな》ぐなど初めてで、その手の感触に困惑した。

だが次第にその温かさに胸が熱くなり、ウィルの顔に笑みが浮かんだ。

「そう。ちゃんと握ってね。人攫《ひとさら》いが、いるらしいから」

「それは怖い」

「子供を攫って売り飛ばすんだって」

「っ怖い……」

ぎゅっとシルクの手を握るウィル。もし攫われて、シルク達と離れ離れになったらと考えたら、何よりも怖かった。

あまり恐怖を感じないウィルも、それだけは心の底から忌避する。

「ふふ。大丈夫。私は強いから」

「ほんと？」

「ほんと。だから安心して」

震えるウィルを、空いている左手でよしよしと撫《な》でて安心させてくれる。

その頼もしさに、ウィルにあった不安もどこかへ消えていくようだった。

「じゃあ行こっか」

シルクと共に大通りを歩く。多くの人が行き交うが、シルクの手で迷うことはない。

歩行者の身なりは良く、周囲の建物は美しい。みんなが笑みを浮かべた、ウィルの知らない幸せな世界だ。

「ここは、キラキラしてる」

「うん、そうだね。貴族街だから」

その言葉に、やはり貴族というのは凄《すご》い存在だと頷く。

噂《うわさ》には聞いていたがこんな光景を作れるのが貴族らしい。

「……だけど私はあまり好きじゃない」

「ん？」

「美しい町。綺麗《きれい》な人達。でも他にやることがあるはず……」

「ししょー？」

急に悲しげな顔と、少しの怒りを含んだ声音でシルクは呟《つぶや》く。それは小さく、ウィルに聞かせるつもりのなかった言葉なのだろう。

「何でもない。ごめんね」

そう言って会話を無理矢理終わらせたシルクに手を引かれて、ウィルは歩く。

当初こそ様子のおかしかったシルクであるが、歩いているうちにいつもの雰囲気へと戻っていく。

それに安心したウィルは、徐々に先ほどの会話を忘れていった。

「さっ、服屋」

暫《しばら》く歩けば、外観からして高級感満載の建物に到着する。

「これは凄い」

外観が素晴らしいのはもちろんのこと、中を見れば何もかもがキラキラしていた。

これはとても凄い場所だとウィルはビビるが、シルクは躊躇《ちゆうちよ》なく入っていく。さすがすぎる師匠に手を引かれながら、ウィルも胸を高鳴らせて入店した。

中は広く、沢山の服がある。チラっと目に入った値札には、ウィルが理解できない数字が書いてあった。

副団長に教えてもらい少しは数字を理解したつもりのウィルでも見たことがない。

これは間違いなくヤバい場所であろう。

「ししょー。ここヤバい。隠れた方がいいかも」

「ヤバくないよ？」

「とても高い。ぼくが来ていい場所じゃない。多分」

「大丈夫」

「お金たくさんかかる」

お金という物に明るくないウィルであるが、それがとても貴重な物であるとは理解している。

それはおいそれと使えるものではなく、ときには命すら買えるという。

全部ベゴニアから聞いた話だ。

「……子供が、お金の心配しないの」

「あう」

呆《あき》れた顔のシルクに鼻を摘《つ》ままれるウィル。

国に多額の金で雇われているシルクにとって、金など腐るほどあり心配するものではない。

「遠慮なんてしなくていいから」

「ほんと？」

「ほんと」

そんな頼もしいシルクに目を輝かせながら、店内を練り歩く。

服屋の一角、子供服のコーナーに行くとシルクは物色し始めた。

「これが良いかも。こっちかな……ウィル、試着」

いろいろ選んではウィルを試着室に放り込んで、何か違うだの良いだの好き勝手言うシルク。

良い判定された服は値札すら見ずに籠に放り込まれ、その様子にウィルは戦々恐々だ。

「ウィルの素材は完璧。あとは私の手腕。覚悟して」

「ひぃっ……」

家事という重労働を平然とこなすウィルですら、今回は目を回して消耗していた。

女子の買い物に付き合うのはウィルですら大変だ。

特にウィルを着飾ることに燃えるシルクとの買い物など、家事をやるよりしんどいこと。

「うん。まあこんな感じで」

ウィルが解放されたのは、入店から一時間も経ってからだった。

目を回しているウィルは、セーターに長ズボン、それにダッフルコートを着せられている。

そろそろ冬が近づいているのもあり、実用的なファッションだ。

その他にも山のように服を買ったシルクは、目が飛び出るぐらいの金を払って店を出た。

「こ、これが……お休み」

目を回すウィルは、手を引かれながら、フラフラと歩くことしかできなかった。

「……大丈夫?」

「疲れた……しごとしたい」

「ごめんね。本末転倒だった」

これほど疲れたのは久しぶりだ。こんなに疲れるならば仕事をしていたいと呟く。

ウィルは休暇が怖くなった。

「大丈夫。休暇は楽しいもの……のはず」

「そうかな？」

懐疑的な眼差《まなざ》しを向けるウィルに、目を逸《そ》らすシルク。

ウィルが望む場所ではなく、自分が好きな場所へ行ってしまったのが原因か。

「でも安心して、服屋でウィルが着る魔法使い用の服を仕立ててもらう依頼をした」

「まほー使い！」

「そう。楽しみにしてて」

「それはうれしい」

一気にウィルは元気になった。やはり男の子である以上、魔法使いに憧れるものだ。

最近は身体強化と魔弾の練度も上がり、将来の夢を魔法使いと決めたところ。目を輝かせるウィルにほっとして、シルクは時計塔を見る。

「お昼は外で食べようと思う」

「いいね」

「でもまだ時間がある。どこか行きたい所ある？」

「んー。わからない」

行きたい所と言われても、王都に何があるのかウィルは知らない。趣味もない仕事人間である上に、無知とあれば首を傾《かし》げてしまう。

そんなウィルの言葉に、シルクは周囲を見回してみた。

「そうだ。王城にでも行こうか」

「おしろ！」

遠くに見える大きな城。やはり男の子として憧れてしまうのは当たり前だ。

目を輝かせるウィルに、良い提案をしたとシルクは手を引いて連れて行ってくれた。


ヌーデリア王国の象徴である王城は、とても大きくキラキラしていた。初めて見るお城に、ウィルはキョロキョロと周囲を見回しながら歩く。

「綺麗だよね」

「うん。凄い」

王城だろうと顔パスで入れるシルクの威光により、美しい中庭を堂々と歩く。

綺麗な服を着た人が歩いていたり、制服を着用した使用人が忙しそうに働いていたり。

ウィルが知っている世界とはまるで違う、天国のような光景だ。

「中庭の花壇はとても有名。ここで社交界もする」

「それは凄い」

その言葉通り、確かに美しい庭園だ。様々な色の花が植えられた景色は、貧民街出身のウィルにとって天国としか言いようがない。

「まあ、こんなことより……やることあると思うけど」

そう小さな声で付け足したシルクに首を傾げながら、ウィルは庭園を歩く。

小さなウィルがチョロチョロ動き回るその景色を、シルクは微笑《ほほえ》みながら見つめていた。

そんな幸せな景色。だがそれを壊すような足音が聞こえた。

「──はっはっは。どうだ、美しい光景だろう。我が国自慢の庭園だ」

そう騒がしく叫びながら、庭園を闊歩《かっぽ》する集団が歩いてきた。

その中心にいるのは丸々と太り、宝石を鏤《ちりば》めた豪華な服を着る男だ。周囲に数名の女を侍《はべ》らせ、騎士を引き連れている。

「このバス公爵家も多額の出資をした。つまり私の物なのだ」

「えー。すごーい」

「さすがは公爵様ですぅ」

男は大声で自慢をし、周囲の者は褒め称《たた》える。

その光景に、一目でやんごとなき身分の者であるとわかる。そんな身分の男の登場に、周囲の者は距離を取り出すが、ウィルはそれに気づかなかった。

「きれーな、花……」

ヌーデリア王国自慢の花々に見とれ、フラフラと歩く。

「んん？　何だこのガキは」

周囲の景色に夢中だったウィルは、いつの間にか男達の前まで来てその歩みを止めていた。

まさに無礼な子供。男の逆鱗《げきりん》に触れるに十分だ。

「邪魔だ、退《ど》け！」

「あっ――」

故に突如として、容赦なき蹴りがウィルに見舞われた。

それを避《よ》けることができず、ウィルは衝撃のままに地面を転げる。

「ウィル!?」

真っ先に声を上げたのはシルクだ。

周囲が騒然となる中ウィルに駆け寄ると、すぐさま安否を確認する。

「大丈夫!?　怪我《けが》はっ！」

「ん、っ。だい、じょうぶ……」

だがあれほど勢いよく蹴り飛ばされたというのに、ウィルは我慢して起き上がるとシルクに笑顔を見せた。

これは身体強化を発動していたのもあるし、ベゴニアに習った受け身を咄嗟《とっさ》に取れたのも大きい。

大きな怪我がないウィルにほっとしたシルクは、鋭い瞳で男を睨《にら》んだ。

「ウィルに、何をしている！」

「ん？　お前は……《幻獣姫《げんじゆうひめ》》か」

「そう。この子は私の弟子。それを知っての狼藉《ろうぜき》？」

「ふんっ。知らぬな。私はベルラント・バス公爵だ。お前こそバス公爵を知らぬわけあるまい」

バス公爵を名乗った男は、自慢げに胸を張る。ヌーデリア王国にて数少ない公爵家の一つ。貴族の頂点に立つその名を知らぬことはありえないという態度だ。

「何それ。ウィルを蹴っていい理由にまったくなっていない」

だがシルクは溜《た》め息をつくと、バス公爵の神経を逆なでする一言を放った。

「何だと!? そのガキがこのバス公爵の前に出てきたのだぞ！ 育ちも悪そうな、身分もなさそうなガキがだ！」

「だから何？ ウィルは確かに孤児だけどそれにどれだけの意味がある？」

「はっはっは。孤児だと？ この場に相応《ふさわ》しくないゴミを掃除した私はやはり正しかったのだな」

「なっ!?」

「おい、そのガキをつまみ出せ。それはゴミ捨て場が相応しい！」

ウィルが孤児だと知ったら態度が一変した。引き連れていた騎士に命令し、ウィルを排除しようと動き出す。

騎士もその命令に従うように、前に一歩踏み出した。

「待て――」

しかしそれを阻止するのがシルクだ。

騎士の歩みを止めるように立ち塞がると、魔力を発して威圧する。

「この子は私の弟子。そして私が誰かを知ってそれをなすなら、もう一歩踏み出せ！」

「っ……それは」

恐ろしいほどの魔力を発するシルク。相対する騎士のみならず、周囲の者すら凍り付かせる覇気を放っていた。

「消えろ。これ以上私を怒らせる前に」

そう叫ぶシルクを前に、立ち向かえる者がどれほどいるか。

お付きの騎士は一歩踏み出すどころか後ずさり、シルクを恐怖するように体を震わせる。

武装もした大の騎士が、子供に思えるほど小さいシルクに立ち向かうこともできない。

これこそが世界最強と謳われた傭兵団の団員だ。

「おい、何を怖がっておる！《幻獣姫《げんじゅうひめ》》など所詮異国から来た平民だ！我が国で最も偉大な私に楯突《たてつ》いていい者ではない！」

だが唯一シルクの威圧が通じないバス公爵は、そう叫《わめ》き散らす。王族を差し置いて最も偉大と叫ぶのは、傲慢であり不遜であろう。

それはシルクと同じぐらい強者の証《あかし》か、あるいはそれを感じ取れぬほど弱者なのか。

「聞いているのか！私はバス公爵家の当主であり、いかに偉大な存在なのか知らぬわけではあるまい！」

そう己を誇示する姿を見るに、恐らく後者であろう。

「……はぁ。面倒くさい。行こうウィル」

「う、うん」

こんな奴《やつ》と押し問答する時間が惜しいとばかりに、シルクは背を向ける。

「逃げ出したか！　所詮は平民だ。お前の仲間のシャルノアなどという女が、私の息子を半殺しにしたのを忘れてないぞ！　野蛮な集団が！」

唾を飛ばしながら大声で叫ぶその様は、ある意味勇猛であろう。シルクに対してそんなことをできる者が何人いるか。

しかもげんなりさせて追い返すなど、世界的に見ても唯一無二と言えるだろう。

「シャルノアのせいで、変な恨み買ってるし……」

「たいへんだね」

そういえば、シャルノアが公爵家の後継を半殺しにして副団長が泣いて謝ったと言っていたはずだ。

シャルノアがどんな人かは知らないが、話を聞く限りロクな者ではないだろう。

「そもそも豚公爵の息子が、シャルノアを無理矢理手籠《てご》めにしようとしたのが発端だし……」

「さかうらみ？」

「まあ、そんな感じ」

先に手を出したのがあちらならば、シャルノアの非は少ないだろう。

やりすぎではあるが、正当防衛というやつだ。ウィルはそう納得する。

「この国の貴族にはああいうのが多すぎる」

「それはたいへんだ」

「まあ、しょうがないんだけどね。それ相応の理由があるから」

貴族とはもっと凄い人達かと思っていた。だがバス公爵を見ればそれが百八十度変わってしまう。

シルクが読んでくれた本には民のために戦う貴族の姿があったが、あれは結局絵物語なのだろう。

「ん。それよりこの後はどうしよっか？」

「このあと？」

「そう」

お昼まで王城の庭園で時間を潰すつもりだったが、こうなっては仕方がない。

またどこかへ行くかとウィルに聞くが、何も知らぬウィルに聞いても無駄だろう。

「うーん……そうだ。魔法の適性でも見に行く？」

「てきせー？」

「魔法適性。ウィルがどんな魔法を使えるか、確認しに行く」

「まほー！　それは楽しみ」

魔法が大好きなウィルは、その一言にテンションを最大まで上げる。先ほど蹴り飛ばされたばかりだと言うのに、不思議な力を使いたがるのは男の子だからだろう。

「最近は頑張ってる。魔弾も放てるようになったしね。少し早いけど、今回のことを考えると自衛手段は必要」

「楽しみ！」

「ウィルはどんな魔法がいい？」

どんな魔法が使えるかは適性次第だ。火を放てるようになるか、水を放てるようになるか。

あるいは魔物を召喚できるようになったり、空間を自由自在に操ったり。そんな中でウィルの望みは一つだけ。

「ししょーと同じやつ」

「召喚魔法か。……とっても珍しいけど、ウィルなら大丈夫かな」

「そうだとうれしい」

数ある魔法適性の中でも珍しい召喚魔法を望むウィルに、シルクは優しく笑いかけてくれた。

「じゃあ行こっか」

期待を胸に、ウィルは手を引かれるまま通りを歩いた。


暫く歩けば見えてくるのは、大きくて綺麗な建物だった。四階建てだろう木造の建物は、どこか魔法使いらしき雰囲気を持っている。

「着いた。魔法協会」

「まほーきょうかい？」

「ヌーデリア王国の魔法使いを纏《まと》める組織」

「へー。それは凄い」

一等地にでんと建つ魔法協会に、ウィルは開いた口が塞がらない。

シルクの説明はよくわからなかったが、何やら凄い組織なのだろうと頷いた。

中に入れば、高級な装飾が施されたロビーが出迎えてくれる。置かれている調度品も優美で、場違いな所へ来たかもしれないとシルクを見た。

しかしシルクは堂々としており、周囲の視線を一身に受けている。

「ああ、これはシルク様。ようこそ魔法協会へ。本日はどのようなご用で？」

キョロキョロと観察していれば、突然スーツを着た偉そうな人が走ってシルクの下へとやってくる。

そしてペコペコと頭を下げ出したのを見て、シルクへの尊敬をより強くした。

「ちょっと適性を見る。部屋貸して」

「もちろんでございます。一番上等の部屋を用意しろ！」

男の命令に慌ただしく動き出す職員達。他の魔法使いらしき者達も目を輝かせてシルクを見ていた。

「ししょー？　とても凄い人？」

「そう。私はとても凄い。ウィルはその弟子」

「それは凄いことだ」

とても凄い人の弟子になってしまったと打ち震えるウィル。

実際シルクという少女は召喚士として一級。世界一との呼び声も高い。世界的に見て、五指に入る実力者であるのは確実だ。

「シルク様、こちらでございます！」

男が案内してくれたのは大きな部屋だった。王族や高位貴族の子女達が魔法適性を見るための部屋らしい。ただの孤児であるウィルでは、一生入れないような部屋だ。

「ん。ありがとう」

「それでは、失礼します」

深々とお辞儀をして出て行った男を尻目に、シルクは壁にあった黒板の前に立つ。

「少し、講義しようか」

「こうぎ？」

「魔法の勉強。詳しくは、教えてなかったから」

その言葉にウィルは目を輝かせ、大人しく椅子に座った。

それを見てシルクはチョークを手に取り黒板に文字を刻んでいく。

「魔法は魔力を使うことで発動する。それは知ってるね」

「うん。今も、使ってる」

ウィルは身体強化を発動している己の体を、胸を張って見せる。

「ウィルが使ってるのは、基礎技能と呼ばれる初歩。ただ魔力を使うだけの技。そしてこれから使うのは、己の適性によって変わる、より上位の技術」

例えば火を放ったり、風を起こしたり。魔法と聞いて想像するようなものだ。

「魔法適性には二種類ある〝属性魔法〟と〝特殊魔法〟。大半の人は属性魔法。これは火を出したり、水を出したり。一般的に想像する魔法のこと」

丸っこく可愛い文字で属性魔法と特殊魔法を大きく丸で囲む。

その下に講師のような犬のキャラが、指示棒を持ってビシっと叩《たた》くイラストが描かれていた。

「でも希《まれ》に、一万人に一人ぐらい特殊な適性を持つ。それが特殊魔法。召喚魔法は、もちろん特殊魔法に分類される」

「一万人に、一人……」

ウィルは数字をあまり知らない。最近は副団長に教えてもらっているが、一万という数字はピンとこない。それでも、凄い数字だとはわかった。それが絶望的な数字であるとも。

「一万分の一の特殊魔法を引き当て、それが召喚魔法である確率は低い。空間魔法や結界魔法など、他の特殊魔法もある」

「そうなのかー……」

「その上で魔法の才能があって、初めて召喚士になれる」

何となく、絶望的なのだろうとは理解できた。

途方もない確率の先に、召喚魔法はあるのだ。召喚士と胸を張って名乗れるのは、大陸中を見ても四桁いるか、という程度だろう。

とてもがっかりした。なぜか召喚魔法を使わなければいけない気がしたから。

「ま、ウィルは安心していいと思う。さっ、そこの水晶に手を当てて」

そう言ってシルクは、部屋の中央に鎮座している水晶玉を指差す。

美しく濁りなき水晶玉に、ウィルは恐る恐る指を触れた。すると魔力を吸われる感覚と共に、水晶の中に灰色の靄《もや》が出現した。

「うわっ……」

「うん。おめでとう。出会ったときから同類の予感はしていた」

「ん……もしかして」

「適性〝召喚魔法〟」

「おー」

ウィルはその言葉に目を輝かせる。とても嬉《うれ》しく、どこか安堵《あんど》している自分がいた。

「じゃあ次。せっかくだし、魔物の召喚に行こう」

「それは楽しみだ」

シルクと同じように、魔物を呼び出して、眷属《けんぞく》とする。それにとてもワクワクした思いを抱いた。


魔法協会の地下は広大であった。床から天井まで魔法による結界が張られた地下は、魔法使い用の訓練場らしい。

魔法の練習にうってつけで、他にも沢山の魔法使いが鍛錬に勤《いそ》しんでいた。

「それでは召喚する」

「どうやればいいのー?」

訓練場の一角にて、シルクとウィルは魔物の召喚を試みていた。

しかし周囲のざわめきが凄い。全員の目がシルクへと向き、視線を感じて針の筵《むしろ》だ。

「おい、あれって……」

「《幻獣姫《げんじゅうひめ》》だ。本物初めて見た」

「帝国と聖竜国をボコボコにした最強……」

「サイン貰っちゃおっかな」

周囲はシルクに夢中のようで、色紙を手にしてチラチラ見てくる男までいる始末。

弟子の成長を見守ろうというシルクにとって、その雑音は邪魔なだけだ。

「……邪魔。『召喚《サモン》・リル』」

突然シルクは魔法を唱えると、真横に巨大な魔法陣が出現する。

光り輝く魔法陣から現れるのはフェンリルのリルだ。

「蹴散らせ」

「グルルルル！」

野次馬《やじうま》に苛立《いらだ》ったシルクは容赦しなかった。リルを呼び出して、野次馬へとけしかける。

等級Sを誇るフェンリルをけしかけられた一般魔法使い達は、堪《たま》ったものではなかった。

「ひっ。フェンリルだ!?」

「逃げろおおお！」

「うわああ！『火炎玉』！」

「フェンリルに追いかけられてる。あとで自慢しよう」

突如襲いかかってきたリルに、野次馬達は蜘蛛《くも》の子を散らすように逃げ出した。

何人か対抗しようと魔法を放っていたが、一切効かずに吹き飛ばされる。まさに地獄絵図だ。

僅か数秒で、周囲にいた魔法使いは全て消え去った。

「……かわいそう」

「いいの。魔法使いなんて殺しても死なない奴らだから」

「そっかー」

気の毒になりながらも、周囲の視線がなくなったことでようやく召喚をする準備が整った。

気を取り直して、ウィルはシルクへと向き合う。

「魔物を召喚する。けど、魔物はとても危険。魔法をミスると襲いかかってくる」

「それは怖い」

「だからちゃんと魔法で縛って、襲いかかってこないようにする」

そう言って、シルクはチョークを取り出すと慣れた手つきで地面に魔法陣を描き出した。

「手っ取り早いのが、魔法陣を描く。魔法陣は自分の才能以上の魔法を放つときに使う、外付けの動力源みたいなもの」

魔法陣を描き、それを通して魔法を放つとより強力な魔法が使えるようになる。

未《いま》だ発展途上のウィルには、必要なものだ。

複雑な紋様を描いたシルクは、チョークの粉を手から払いながらウィルを見る。

「呼び出した魔物が襲いかかってこないようにいろいろ刻んでおいた。これに、魔力を通してみて」

「うん。わかった」

ウィルは恐る恐る膝を突いて、地面の魔法陣に触れる。

「魔物の棲《す》まう異世界。〝異界〟から魔物を呼び出すイメージ。そして眷属召喚と唱えて」

イメージした。大事な存在を呼び出し、契約を結ぶ光景を。

するとウィルの中から魔力がゴッソリと持っていかれた。

「ぐうっ……気持ち、悪い」

未だかつて見たことないと称されるほど膨大な魔力を持つウィルが、冷や汗を掻《か》き、息を荒らげるほどの魔力を吸い取られる。

「これは……普通、こんなに魔力は要求されない」

ウィルの魔力量であれば、一割減ったら十分。否、多いほどだ。

だが今から呼び出そうとする魔物は、半分を超えてなお要求してきた。それは一体、どれほどの魔物だ。

「っ——はぁ、はぁ。魔力、きつい……」

「大丈夫? やばい魔物が来るかも。止《や》めた方がいい」

「ううん。やる」

全てを吸い尽くすかのように魔力を持っていかれる。魔力は失いすぎると命の危険性すらある故にシルクは止めようとしたが、ウィルは苦しみながらも拒否した。

これは必ず呼び出さないといけないという予感がしたから。

「リル、警戒して」

呼び出した魔物が襲いかかってこないように、魔法陣に刻んだはず。だがそれすら突破してくるヤバい魔物が来る可能性が出てきた。

最悪、シルクが勝てないほどのだ。だがもう止められる段階ではない。

「きて――『眷属召喚』！」

その言葉と共に、魔法陣がまばゆい光を放った。その光は強烈で、思わず目を背けたくなる。

だが駄目だ。目を逸らさずに見届けなくてはならない。

「来る……」

シルクの警戒は最大だ。捧《ささ》げた魔力に見合う魔物となれば、ドラゴンやグリフォン、サラマンダーなど等級Sの魔物、あるいは七災と呼ばれし伝説の魔物の可能性すらある。

シルクは冷や汗を掻いた。そして光は収まり、魔物が召喚される。それは――。


――ぷるる～ん。


そんな擬音を発しながら、地面に着地したのは一体のスライムだった。

粘液の体。子供でも踏み潰せそうな小さな体軀《たいく》。明らかに弱そうなフォルム。

堂々の等級Fを誇るただのスライムが、そこには鎮座していた。

「……あれ？　おかしいな」

シルクの見立てでは世界を滅ぼす魔物が出てくるはずだったが、出てきたのは最弱の魔物と名高いスライムだった。

首を傾げながら、スライムを摑《つか》んでみる。プルプルしていて、握りつぶすだけで殺せそうだ。

「どこからどう見ても、普通のスライム……」

スライムと一口に言っても、中には〝スライムキング〟や〝ドラゴンスライム〟のような等級Sを誇る種族も存在する。

こいつもその類いかと思ったが、上から見ても下から見てもただのスライムだ。

「スライム、かわいいね」

だがウィルは特に疑問に思っていないのか、シルクからスライムを受け取ると撫で回す。

ひんやりぷにぷにしていて、撫で心地が最高。ウィルはあっという間に夢中になっていた。

「……ほんとにこれでいい？　今ならやり直せるけど」

さすがにスライムはないだろうと提案する。

ウィルならもっと凄い魔物を眷属にできるはずだ。それこそドラゴンだって。

「これでいい。この子がいい！」

だがウィルは、スライムを抱きしめながらそう答える。スライムも応えるようにプルプルした。その決意は固いようで、シルクがこれ以上言っても無意味だろう。

「じゃあ名前をつけてあげて。それをこの子が受け入れれば、契約成立」

「わかった」

プルプル震えるスライムを持ち上げながら考える。だがすぐに決まった。

このスライムを見た瞬間から、その名前であるべきだと思ったから。

まるで天恵を受けたかのように思いついた名前を、ウィルは叫んだ。

「きみの名前は、〝イム〟！」

ウィルがそう名付けると同時に、スライムは光り輝く。

そしてぷるんと震えると、ウィルの頭に飛び乗った。

「契約完了と……ほんとによかったかな？」

「もんだい、なし！」

もちろんウィルも、スライムが最弱の魔物だとは理解している。実際四歳の頃に踏み潰して討伐したこともある。

だが後悔などは微塵《みじん》もなく、胸を張ってイムを自慢した。

「なら、いいけど……。じゃあもう一体ぐらい召喚してみる？」

「まだできるの？」

「召喚士には容量がある。強い魔物を眷属にすれば、それだけで容量が一杯になる」

もしウィルが、ドラゴンを召喚していたらそれ以上は召喚することができなかっただろう。

それが、容量という。

「でもスライムなら容量はほぼ取らない。もう一体、余裕で召喚できる」

「それはよかった」

仲間というのは多ければ多いほど良いものだ。イムの他にもいれば賑《にぎ》やかで楽しい日々となるだろう。

「スライム、じゃなくてイムだけじゃ戦力的に不安だし」

傭兵というのは、総じて荒事に関わる職業。戦乱の世であれば戦争に出ることもあるだろう。そんな中でスライム一体の召喚士など危険すぎて目も離せない。少なくとも戦闘ができそうな魔物をもう一体召喚せねばならない。

「よし、頑張ってみる」

イムを召喚して魔力が根こそぎ減ったばかりだというのに、ウィルは元気に魔法陣に手をかざす。

シルクは今度こそ無理矢理止められるようにスタンバイしながら、その勇姿を見守った。

「今度こそ、強い魔物がくるはず」

ウィルはとても凄い子だとシルクは知っている。その魔力量は規格外。間違いなく魔法使いになるべくして生まれた少年だ。

そんなウィルがスライム一体なわけがない。次こそはドラゴン。あるいはペガサスやキメラなど等級Bぐらいの魔物は召喚するはず。そう思うことにする。

「あれ？　すぐいっぱいになった」

しかし二度目の召喚では、あっという間に魔力をチャージし終える。

体感、一パーセントも減っていないだろう。シルクはそれに嫌な予感を覚えながらも頷いた。

「――来て、『眷属召喚』」

ウィルがそう唱えると同時に、魔法陣が光り輝く。次こそは良い魔物が来るはずだと願った。

「ギギ。お前……ハ。何？」

現れたのはゴブリンだった。

どこからどう見ても、最弱と名高い魔物の一体。ゴブリンが棒を構えてウィルを見ていた。

百三十センチ程度の小さな体躯に、緑色の体と角。この世の至る所にゴキブリのように生息する害悪な魔物筆頭、等級Eを誇るゴブリンをウィルは召喚した。

「あれ……おかしいな」

シルクは捻《ね》じ切れてしまうほどに首を傾げる。ウィルはもっと凄い魔物を召喚する予定だったが、蓋を開けてみればスライムとゴブリンという定番かつ、弱いと有名な魔物だ。

「ぼくはウィル、よろしくね」

「ギギ……」

だがウィルは微笑みながらゴブリンと握手をする。それに戸惑いながらも、ゴブリンは応えていた。

「きみの名前は……うーん。そうだな」

先ほどはすぐに出てきたのに、このゴブリンの名を考えるのは苦戦する。

「ウィル、本当に良いの？　今ならまだ間に合うよ」

さっさと帰して次に行くべきではとシルクは思うが、ウィルは首を振った。

「ぼくの呼びかけに応えてくれた、この子がいい！」

「……そっか」

一期一会を大切にするのも召喚士のあるべき姿だろう。運命として受け入れるのも良い選択だ。

「よし、君はコブロだ！」

「ギギ。コ、ブロ？」

「うん！　よろしくね」

「……よろしく」

コブロという名を貰ったゴブリンは、その名を咀嚼《そしやく》しながら頷いた。

これにより、ウィルの眷属はスライムとゴブリンに決まる。代表的な魔物でありながら、とても弱いと有名な二体を従えるウィルは年相応であろう。

だがシルクの想像ではドラゴンとセイレーンを従えるカリスマ召喚士だったために、やはり最後まで首を傾げていた。

エピソードⅢ　傭兵団一の問題児

魔物の召喚より二週間が経過したある日、ウィルは庭で眷属《けんぞく》と触れ合っていた。

召喚士にとって大切なのは眷属をしっかり把握することである。というのがシルク師匠の弁であり、それに従った形だ。

「……イムは、なんでも食べるんだね」

プルプルと震えるただのスライムのイムは、とても大食らいだ。ゴミだろうが、雑草だろうが、ウァードックのご飯だろうが何でも食べる。

掃除の時は物の隙間に入って汚れを食べてくれるので、とても役に立つ。

そして言葉は喋《しゃべ》れないが、イムは意外と感情豊かだ。

スライムに感情なんてないとみんな言うが、ウィルにはあるようにしか思えなかった。

イムはいつもウィルと一緒にいる。大体は頭の上に乗り、ウィルの家事を手伝っていた。

「コブロは、いつも槍《やり》をふってるね」

「ギギ、ウィル」

もう一体の眷属、ゴブリンのコブロはとても努力家だ。

強くなりたいといつも庭で槍を振っており、今日も一人で頑張っている。

「ここに槍を使う人がいないのは問題かな」

「ギギ。問題ないイ」

傭兵団《ようへいだん》には槍の使い手がいない。団員の一人、行方不明の風来坊が使い手だと聞いたことはあるが、帰って来ないのでいないようなものだ。

故にコブロの槍は自己流。ウィルにできるのは、押しつけられた給料を全てつぎ込んで、良い槍を買ってあげることぐらいだ。

「なんで、槍が好きなの？」

「異界デ、ずっと使ッテいたカラ」

「へー。異界ってどういうところ？」

コブロ達《たち》、魔物の故郷である異界。この世界の魔物も、かつて異界から流れてきたのが棲《す》み着いたらしい。異界がどういう場所かを、人々は知らない。そこに人が行くことができない以上、召喚された魔物から聞くしかないためだ。

「……争いガ、耐えなイ場所。俺ハ、弱くテ、ズット逃げていタ」

「それは凄《すご》い場所だね」

「アア……」

そう言ってコブロは槍を振るった。コブロは寡黙で努力家だ。

とてもクールなゴブリンで、自分のことはあまり話さない。そんなコブロがウィルは大好きだった。

「よーし。がんばって、しょーかんし。になるぞ」

「アア。そうダナ」

「――――！」

ウィルはぐっと拳を握って決意し、コブロは槍を振るいながら答える。イムはプルプルしていた。

「その前に、おせんたく、しないとね」

「ギギ。頑張レ」

眷属達との交流も大事だが、ウィルには家事という大事な仕事がある。

最近は無理矢理仕事を減らされているが、めげずにウィルは奮闘中だ。人数分の洗濯をするために、イムと共に走り出した。


そろそろ冬になろうという季節。ヌーデリア王国の冬はそこまで寒くないが、外で洗濯ともなれば辛《つら》いものがある。しかしウィルは笑顔を見せ、イムと共に洗濯物を干していた。

「ん、ありがと」

イムが洗濯籠から服を取って投げ、それを受け取ったウィルが脚立に乗ってロープに干す。

そんな見事な連係で六人分の服をロープにかけ終わったら、次は屋敷の掃除である。

家事に休みはないのだと意気揚々と歩き出すウィルであったが、その足取りはすぐに止まった。

「――噂《うわさ》のチビっ子発見っす」

いつの間にかウィルの背後に、一人の少女が立っていたから。

「……だ、だれ？」

見知らぬ少女である。

それがいつの間にか背後に立っていて、しゃがみながらウィルの顔を覗《のぞ》き込んできた。

「んー。誰だと思うっすか？」

少女はそう返してくる。悪い人ではなさそうだが、なんか不気味だ。

年齢は恐らく十六歳程度。腰まで伸ばした茶髪を毛先で縛り、生命力を感じる茶色い瞳がウィルを見つめる。笑みを浮かべたその顔は、誰もが美少女と称《たた》えるだろう。

その上スタイルまで抜群であり、シルクより背も高かった。

「……お客さん？」

外見から推測も難しく、心当たりがないのでそう言ってみる。しかし多分違うだろう。

「不正解！　罰として、むにむにの刑っす」

「むに～」

やはり違ったらしい。外してしまった罰として、ウィルは頬をむにむにとされた。

シルクにもよくやられるが、さすがに伸びて垂れるのではと最近は危惧している。

「あたしの名前はシャルノア。ただのシャルノアっすよ」

「シャルノア！」

むにむにの刑を終えた少女、シャルノアはそう自己紹介した。

そしてその名前を、ウィルは知っている。

副団長曰《いわ》く、傭兵団一の問題児。

ベゴニア曰く、傭兵団一残虐。

ウァードック曰く、傭兵団一自由な奴《やつ》。

団長曰く、面白い奴。

そしてシルクは、牛乳女。なるほど、凄い巨乳である。シルクにはないものをお持ちのようだ。

「ふくだんちょーを一番、泣かせた人」

副団長が泣く大部分を生み出した問題児筆頭。それがシャルノアだ。

「心外っすね。別にそんな泣かせてないっすよ」

「うそ。ふくだんちょー、シャルノアがやらかし、たくさんあやまったと、言っていた」

「副団長が勝手にあたしの尻拭いをしただけで、別に頼んでないっすよーだ」

「さすが問題児。シャルノアはしてんがちがう」

最も自由な問題児、シャルノアの視点はウィルとは違うところにあるらしい。

シルクやベゴニアも自由人であるが、シャルノアにはそれ以上のものを感じる。

「うーん。チビ。シャルノアと呼び捨てはいけないっすよ。年上なんすから」

「……シャルノアさん？」

「そうっすね。シャル姉さんがいいっす」

「なるほど。シャル姉さん」

「うんうん。素直なチビは好きっすよ」

そう言って満足げに頷《うなず》きながら、シャルノアはよしよしと撫《な》でてきた。

「あのロリチビと違って、こっちのチビは素直っすね」

「ロリチビ？　もしかしてシルクししょーのこと？」

「そうっすそうっす。……師匠？」

そういえば出会った当初、チビと呼ばれていて、それが嫌だと言っていたか。

シルクをチビ扱いして馬鹿にするのはこのシャルノアらしい。

「ししょーの、敵」

「敵じゃないっすよ。敵ってのは、同じレベルの者を言うっす。格が違うんすよ」

「なるほど。たしかにシャル姉さんは下」

「あたしが上っす」

急に失礼なことを言ってきたウィルに、シャルノアはほっぺむにむにの刑を再び浴びせた。

「素直なチビはどこいったっすか。あたしの味方をするんすよ」

「やだー。ぼく、ししょーの味方」

シャルノアはどうにか味方に引き込もうとしたが、無駄だった。

ウィルは一途《いちず》で真面目なのだ。そんなウィルに不機嫌そうな顔をしながら、シャルノアは足下でプルプル震えるイムに視線をよこす。

「あー。チビも召喚士なんすね。だから師匠っすか」

「そう。ぼくは、しょーかんし。凄いの」

「確かに、召喚士っぽい服っすね」

そう言ってシャルノアはウィルの着ている服を見る。

魔法使いらしい服の上に、エプロンを身に着けている形だ。

「ししょーが買ってくれた」

「へえ。あのロリチビがっすか」

先日魔法適性を見に行った日の服屋で、オーダーメイドで仕立ててくれたものだ。

貴重な材料をふんだんに使い、一流が仕上げた服はどんな激戦でも破けないらしい。

「服は立派っすけど、眷属はスライムっすか。……凄いっすねー」

ウィルの服を見て、足下のイムを見る。そして棒読みで褒めてくれた。

だが目の奥にある馬鹿にしたような色は隠せない。

踏み潰せば殺せるようなスライムを自慢するウィルに、子供らしいと馬鹿にしているのだろう。

「むっ。イムは、とても凄い」

「そうっすかー。だといいっすねー」

だがシャルノアは信じてくれないらしい。

お掃除から洗濯、どんな家事でも活躍してくれる万能スライム、イムはとても凄いのだ。

「ぼくは忙しいの。イムとこれから、おしごとする。シャル姉さんに、かまってるひまはない」

「えー。そんな寂しいこと言わないで欲しいっす」

こんな何考えているかもわからない問題児と、お話ししている時間はないのだ。

屋敷の家事の責任者であるウィルは非常に忙しい。

「ようけんはなに？　手短がいい」

「帰ってきたらベゴニアが変なの拾ったって聞いたから、見にきたっす」

「ろくなようけんじゃない」

聞く価値なしと判断したウィルはスタスタと歩き出した。

「あー。待つっすよ！」

あまりに冷たい態度のウィルに、背後から抱きついて引き留める。

「なに？　ぼく忙しい」

「実は最近、王都の治安が悪いんすよ」

「知ってる。ひとさらいが、いる」

シルクに聞いたことだ。人攫《ひとさら》いがいるから、外に出るときは手を繋《つな》がないといけない。

それに悪い貴族もいる。特にバス公爵などは要注意であり、外はとても危ないのだ。

「そうっす！　あたしのお膝元でそんなこと、許されないっすよね」

「そうだね。悪いこと」

人攫いなど悪人がやることだ。

やると騎士に逮捕され、一生牢屋《ろうや》で臭い飯を食うことになるだろう。

シルクに読んでもらった本にそんなことが書いてあった。

「だから討伐に行くつもりっす」

「そうなの。がんばって」

まさか激励して欲しかったのだろうか。悪い奴を倒すためにウィルの応援が必要ならするが、忙しいので多くはできない。頑張れと言うだけだ。

「いや、チビも行くんすよ」

だがシャルノアは、突然そう言うとウィルを小脇に抱えた。

「……え？」

「今ニャーコいないっすから、人手が欲しいっす」

そう言ってシャルノアは、にっこりと微笑《ほほえ》んだ。その言葉にウィルの危機感知能力が全力で警報を鳴らしたが、もはや逃げられない。

「身体強化はしてるっすよね？　じゃあ死ぬことはないっす」

「うわっ！」

これはまずいと直感したウィルは、何が起きてもいいように構える。

「じゃあ行くっすよ」

すると次の瞬間、凄《すさ》まじい速さでシャルノアは走り出した。

「うぎゅっ」

呼吸すら難しい速さの中、身体強化全開でありながらウィルの意識は闇に消えた。

「チビー？　大丈夫っすか？」

体を揺らす感覚と、耳元でそんな声が聞こえた。

「うぅ、ぼくは、ウィル……」

「じゃあウィルー。起きるっす」

「うー」

ゆさゆさと揺らされ、ペチペチ頬を叩《たた》かれ、ウィルはようやく目を開けて周囲を見る。

そこに広がっているのは、瓦礫《がれき》の山とボロボロの家屋が立ち並ぶ景色だった。

「ここ、は？」

「王都の外周。いわゆる貧民街っす。治安は最悪だけど、めっちゃ面白い場所っすよ」

「こんな、場所があったんだ……」

ウィルが知っている王都は、もっとキラキラしていた。

綺麗《きれい》な町並み、綺麗な服を着た人達。幸せな笑顔。だけれどここは、正反対だ。

ウィルが暮らしていた場所とよく似ている。この、暗い雰囲気は特にだ。

「六年前、ヌーデリア王国はお隣のバルバロイ帝国と戦争してたっすからね。王都陥落ギリギリまで行き、どうにか覆したっすけど、ここはまだ復興してないんすよ」

復興することなく、貧民街として変わり果てたのがここなのだろう。

手が入っている様子はなく、国が復興しようと尽力している跡もない。

つまり見捨てられた地というわけか。

「民を放置して贅沢三昧《ぜいたくざんまい》の貴族も多いっす。そいつらのせいで、ここは未《いま》だ壊れたまま」

「悪いやつらだ！」

「そうっすね。その筆頭なのが、バス公爵っていうんすよ」

「バスこーしゃく……」

悪い奴らの筆頭バス公爵。その名前は聞いたことがある。というか会ったことがある。

先日ウィルを蹴飛ばした奴らだ。確かに悪い顔をしていたが、本当に悪い奴らだったらしい。

「まあ全部、帝国が悪いんすよ。ここが壊れたのも。バス公爵みたいな奴らがのさばってるのも」

「てい、こく？」

「そう。帝国っす。そいつらが六年前に侵略してきて、こうなったっす」

六年前にあったヌーデリア王国とバルバロイ帝国の戦争。

突如として侵略してきた帝国に、小国であるヌーデリア王国は滅ぼされる寸前まで行ったらしい。

そんな話は副団長から聞いたことがある。

戦争というものをウィルはよく知らないが、この景色を作り出す残酷なものなのだろう。

「そこで活躍したのがあたし達《激獣傭兵団《げきじゅうようへいだん》》。一万の軍勢を追い払って国を救ったっす」

「それは凄い。シャル姉さんはなにしたの？」

「あたしはその後加入したっすから、何もしてないっすよ」

「………」

何もしていないのに偉そうに説明したらしい。ウィルはジト目である。

「何すかその目は。あたしちゃんと強いっすよ」

「ほんと……？」

もしや口だけなのでは、と勘ぐってしまう。その見た目は可愛《かわい》い女の子だし、力がありそうな感じはない。まず強くは見えないだろう。

ただ魔法というものがある以上、見た目など当てにならないが。

「まったく。失礼なクソチビっすね。ほら、さっさと行くっすよ」

「あ、待ってよ」

プンプンと怒りながら歩き出すシャルノアに、ウィルは慌ててついて行く。

だがウィルに歩幅を合わせてくれるわけでも、手を繋いでくれるわけでもないシャルノアについて行くのは一苦労だ。これがシルクであれば、配慮してくれたものを。

「ここら辺は衛兵も来ないから、悪い奴らが大勢いるんすよ」

「はぁ、はぁ。そ、そっか」

「それをボコボコにするとお金が手に入るから、楽しいんすよね」

そうシャルノアは言うが、ウィルはほとんど聞いていない。

息を荒らげながら、身体強化全開で必死について行くだけだ。

「人攫いの集団も、ここら辺に多分いるんすよ。犯罪者狩りが趣味のあたしの勘っす」

「もうちょっと、ゆっくり行こ」

「んー？　ウィルは遅いっすね」

シャルノアが速すぎるのだ。五歳児について行ける速度ではなく、ウィルはよくやっている。

だがシャルノアは傭兵団一のロクでなしなので、溜《た》め息をついてウィルを小脇に抱えた。

「じゃあこれで行くっすよー」

「あうー」

抱えられたウィルは、シャルノアの凄まじい速度にどうにか意識を失わないよう努力する。

そうして一時間ほど、ウィルはその速度であちらこちら連れ回された。


「んー。知らないんすか?」

「ひっ。知らねえ。知らないから助けてくれ!」

一時間探して見つからなかった結果、シャルノアは人に尋ねる方向にシフトしたらしい。

適当な人間を捕まえて、恐喝まがいの聞き込みをしていた。

「あたし嘘《うそ》って大っ嫌いなんすよ」

「だって知らないんだ。助けてくれ」

見知らぬ男を土に埋め、頭だけ出した状態での聞き込み。これではただの拷問である。

「ねえシャル姉さん。これはあんまりだと思う」

「ここの住人は殺しか盗みか、何かしらしてるんすよ。犯罪者に慈悲はないっす」

「でも……ここで生きるのは大変だから。じじょうがあったりするし」

ウィルは似たような世界で生きてきたからわかる。死体なんて見慣れているし、盗み殺しは日常茶飯事。だけれど、そうしないと生きていけないから、そうしているだけだ。

犯罪を肯定するつもりはないが、その事情も理解して欲しい。そんなウィルの目に、シャルノアは溜め息をついた。

「……まあ、何も知らないなら興味はないっす。……早く消えろ」

「ひっ。うわー！」

ウィルの言葉に従ったからか、本当に興味がなくなったのか。それはわからないが、シャルノアは男を解放した。

土を魔法で操作し、逃げ出せるようにすれば一目散に逃げていく。

そんな男を尻目に、シャルノアは周囲を見回した。

「さてと。行くっすか」

「どこに？」

「派手に暴れたからか、視線を感じるっすね。敵意を感じる」

シャルノアの言葉に慌てて周囲を見るが、ウィルには何も感じない。しかしシャルノアは何かを感じ取ったように、舌なめずりをした。

「んー。こういうときはニャーコがいると楽なんすが……」

そう言いながら周囲をゆっくりと見回すシャルノア。今いるのは見通しの良い場所で、周囲に建物も少ない。瓦礫が散乱するだけの、人影も何もない場所だ。

貧民街において何もない場所というのはそれはそれで怪しいが、ウィルにはシャルノアの感じた視線がわからなかった。

だがシャルノアは、遠くに見える一つの建物を見てニヤリと笑う。

「見つけた。逃がさない」

小さく呟《つぶや》くと同時に、シャルノアの姿がかき消えた。

恐らく跳び上がったのだろう。凄まじい衝撃だけを残し、気づけば先ほど見ていた建物に張り付いている。そして躊躇《ちゅうちょ》なく窓を蹴破って中に侵入した。

「シャ、シャル姉さん？」

ダイナミックな不法侵入に慌てるのはウィルだ。

何てことをしでかしたのか。副団長に怒られる。そんなことを思いながら、慌ててシャルノアの後を追った。


シャルノアが侵入した建物は、古ぼけた廃墟《はいきょ》のようだ。だが玄関は封鎖されていたので、ウィルは子供であることを活《い》かして崩れた壁の隙間から侵入する。

「おじゃま、します……」

そう挨拶しながら入れば、中はやはり荒れていて、とても人が住んでいる気配はない。

だがウィルはそれが気にかかった。

「ここに人が住んでない、わけがない」

こういう貧民街では、雨風が凌《しの》げる場所というだけでありがたい。ここはボロボロであるが外よりはマシな環境、間違いなく誰か住み着くはずだとウィルは経験から導き出していた。

そして床を見れば、誰かが行き来している形跡がある。

「……っと。それよりシャル姉さん」

だがこの不思議な場所を調べるより、上階にいるシャルノアを追いかけねばならない。

ウィルは急いで近くにあった階段を駆け上がった。

「あ、ウィル来たっすか」

「ぐうっ。放せ！」

二階まで上がれば、そこではシャルノアが笑顔で男の胸ぐらを摑《つか》んでいるところだった。

「な、何してるの」

「あたしをジロジロ見てたから、事情聴取っす」

「……殴って聞くのはごうもんだと思う」

男はぐったりしており、顔は腫れ上がっている。シャルノアの責め苦によって気絶間近なのだろう。

見た目は十六歳の少女であるが、大の男を片手で捻《ひね》り潰していた。

「拷問でいいんすよ。こいつは、当たりっすから」

「当たり？　人さらいなの？」

「そうっす。多分」

「たぶんって……」

確証がないのにボコボコにしたらしい。なるほど、これが傭兵団一の問題児の所業か。

副団長を沢山泣かせるシャルノアの問題行動に、ウィルは震え上がった。

「中々口が固いんすよね。さあ、仲間の居場所を吐くっす」

「ぐっ。げほ、げほ。何のことだ」

胸ぐらを摑まれ、顔を腫らしても男はしらばっくれた。

だが態度を見ればわかる。男は何かを知っていて、隠している顔をしていた。

「……うーん。聞き出すことはできるっすけど、ちょっと面倒くさいっすね」

そう言ってシャルノアは悩む。拷問が得意で、傭兵団一の残虐性を持つシャルノアの手にかかれば隠し事などあってないようなものだ。しかし少々面倒くさい。

シャルノアは今すぐ、仲間の居場所が知りたいのだ。

「……たぶん、この近く。もしくはここだと思う」

「ん？　ここっすか？」

「ここはへんな感じがする」

「……そうっすね。ちょっと調べるっすか」

ウィルの言葉に頷くと、シャルノアは男を引きずりながら下へと降りた。それに男の顔色は明らかに悪くなる。

「ここに何かあるんすか？」

「知らない！」

「そうっすか。『大地操作』」

男の返答に雑に返しながら、シャルノアは魔法を発動した。露出して土が見えた地面を踏みつけ、笑う。それは土を生み出し、土を操る属性魔法の一つ。

「へー。あたしの〝土魔法〟は、この下に何かあるって言ってるっすよ？」

「っ！」

「ちゃんと本当のことを言わないとダメっすよ。『土鎖』」

そう言ったかと思えば、魔法陣から現れた土が男の手と足に絡みつく。手枷《てかせ》と足枷《あしかせ》を形作った土は、男を拘束して床に転がした。

「くそっ。これを外せ。騎士団に訴えるぞ！」

「お前がただの市民なら騎士は助けてくれるっすが、悪いことといっぱいしてそうなお前じゃ来てくれないっすよ」

「ちっ。クソが」

これ以上騒がれても面倒くさいと、男の口を土で塞ぐ。その上で足蹴りにするシャルノアに、ウィルはドン引きだ。

しかしその実力。圧倒的魔法の練度は理解させられた。

「シャル姉さん。土のまほー？」

「そうっすよ。土魔法じゃ世界一っす」

「……それはほんとなのかな？」

「ほんとっすよ！　失礼な」

だがウィルの中でシャルノアは、どうしようもない問題児というイメージだ。

嘘をついたり、誇張したりしていても不思議ではない。そんなウィルの態度にシャルノアは不機嫌になるが、すぐに切り替えた。

「それより、人攫いの拠点をついに見つけたっす！　今はそれが大事っすよ」

「そうだね。ぼくがんばった」

「まあこれはウィルの手柄っすね」

ウィルがここは変だと気づかなければ、地下に拠点があるとわからなかった。

男を吐かせるために一度屋敷に戻らないといけなかっただろう。

故に失礼なガキと言いつつも、それは認めてよしよしと頭を撫でた。

「荷物で入り口を隠してたみたいっすね」

ウィルを褒め終えたら、早速突撃だ。

一階部分の隅に詰まれていた荷物を退《ど》かせば、地下への階段が現れる。

「ただのチンピラならここまでしない。裏には、デカいのがいそうっす」

「だいじょうぶ？」

「当たり前っすよ。おら、キリキリ歩くっす」

「もご、もごごご」

シャルノアは拘束している男にそんな無茶《むちゃ》を言うと、蹴飛ばしながら階段を下りる。

裏には何かデカい闇が渦巻いていると知ってなお、シャルノアは笑っていた。否、知ったからこそ笑っているのだろう。

「楽しい戦いになりそうっすよ」

舌なめずりするシャルノアに、ウィルは化け物を見る目でついて行った。

ジメジメとして狭い地下への階段を下りれば、複雑な紋様が描かれた扉が出迎える。

真っ暗な中調べれば、鍵は掛かっていなさそうだとわかった。が、どことなく不気味な扉だ。

「さっき一般人を尋問した場所の下っぽいっすね……ただ、結界が張られている」

「結界？」

「特殊魔法の一つ〝結界魔法〟っすよ。この地下室の音が外に漏れないようにしてる感じっすね」

「なるほど」

魔法とはいろいろあるのだろう。だがシャルノアは意に介さず、扉に手をかけ開け放つ。

「先行くっす」

「むぐー。もごもご」

扉の先に男を蹴飛ばすと、シャルノアはその後に続いた。ウィルも慌てて後を追う。

「ここ、は？　……牢屋？」

「当たりっすね。人攫いの拠点っす」

地下室にあったのは、大量の牢屋だった。四角形の部屋の壁一面に鉄格子があり、百人は捕らえておくことができそうだ。

淡い魔道具が照らす地下牢《ちかろう》だが、そこには誰もいない。代わりに気持ち悪いほどの死臭で満たされていた。

「シャル姉さん？　……なんで、みんな、死んでるの」

そしてウィルは絶句する。地下室には残酷なほどに挽《ひ》きつぶされた死体がそこら中に転がっていた。

ウィルの想像では、ここには悪者と攫われた罪なき人がいるはずだった。

だが蓋を開けてみれば、誰が誰だかわからないほどの死体が散乱している。

一体何が起きているのかと愕然《がくぜん》とすれば、シャルノアも真実を求めて男を喋れるようにすると胸ぐらを摑んでいた。

「これはどういうことっすか？　何が起きてるか吐け」

「ひっ。し、知らないんだ」

シャルノアの発する魔力に中《あ》てられて悲鳴を上げるが、男は首を凄い勢いで振る。

「ここの班と連絡が取れなくなったから、俺が確認しにきたんだ。それが、こんなことになってるなんて」

「お前達は人攫いで、ここはその拠点。それは真実っすね」

「あ、その……そ、そうだ」

うっかり口を滑らせたと顔をしかめる男。だがシャルノア達は察しているし、これはもう隠せないと悟ったのだろう。男は勢いよく首を縦に振る。

「じゃあ何で全員死んでるんすかね」

「知らないんだ。俺は、それを確認しに――ぶへっ」

男がそう言い終わる前に、シャルノアは地面に叩きつける。

そして一番奥の牢屋に厳しい視線を向けた。

「……これは。人攫いどころか、魔物攫いまでやってたんすか」

「ブオオオオオオオ!!」

そう言うと同時に、鉄格子を蹴破って巨大なイノシシが出現した。地下室を揺らすほどの咆吼《ほうこう》を放ちながら、シャルノア達の前まで迫り来る。

「魔物売買は金持ちの道楽とは聞いたことあるっすが……制御できなきゃ身を滅ぼすっすよ」

恐らくこの光景を作り出したのは目の前のイノシシだろう。

その牙は血で濡《ぬ》れており、獰猛《どうもう》に息を吐く。

人攫いどころか魔物を攫い、だがコントロールできずに逆に殺された。そういうことか。

「何やってるんすか。あれは等級Cのデッドボア。大の男を突進で轢《ひ》き殺す魔物っすよ」

「ひっ。だって高値で買う奴がいるんだ。あれ一体で小さい家が建つんだぞ」

「それで死んでちゃ世話ないっすよ」

呆《あき》れて物も言えないとはこのことか。どんな巨悪がいるかと思えば、ただの馬鹿しかいなかった。

「ブルルルル!」

「まあ、あたしなら五秒で殺せる雑魚でしかないっすね」

何人も惨殺したデッドボア。間違いなく強敵であれど、最強であるシャルノアの手にかかれば何の問題もない。デッドボアもそれを感じ取り、威嚇するだけで襲ってこなかった。

「そうっすね……ウィル。あれやるっす」

「えっ？　ぼくが？」

面白いことを思いついたとばかりに、シャルノアは振り向いてそう言った。

だが背後で事態を見守っていたウィルは、急にそう言われてキョトンとする。

「《激獣傭兵団《げきじゅうようへいだん》》は最強なんすよ。その一員なら、あれぐらい倒してもらわないと困るっす」

「でも。あれはむりだと思う」

ウィルは確かに強くなった。身体強化も習得し、召喚魔法も覚えた。だが、あれは無理だ。

とても五歳児のウィルが倒せる魔物ではない。騎士が五人がかりで倒すような魔物であろう。

ウィルは大きく首を振るが、シャルノアの目は変わらない。

「やれ。あたしが五歳の頃はあれぐらい殺してた」

逆により苛烈になったシャルノアは、恐ろしく冷たい瞳でウィルを見ていた。

「ちょっと待ってよ！」

「うちの一員になりたければ、あれを殺せ。……まっ、そういうことで。応援してるっすよ～」

シャルノアは放心する男の襟を摑んで引きずりながら地下室を出る。

呆然《ぼうぜん》とするウィルを残し、扉は鈍い音を立てながら完全に閉まった。

「……あれがシャル姉さんか」

突然無理難題を押しつけてくるシャルノアは、確かに傭兵団一の問題児だろう。

こちらのことなど何も考えず、傍若無人《ぼうじゃくぶじん》に振る舞うその姿に、副団長が泣く理由がわかるというものだ。

「……逃げられないし、やるしかない」

ウィルは覚悟を決めた。決めざるを得なかった。

一人で倒すことは不可能。故に頼りになる眷属を召喚するしかない。

こんな時のために、シルクは召喚魔法を教えてくれたのだから。

「えーと。たしか。『召喚《サモン》・イム・コブロ』！」

それは契約した眷属を呼び出す召喚士の基本となる魔法だが、ウィルは苦手だ。

膨大な魔力に物を言わせて、四六時中召喚しているからだろう。

呼び出しているだけで魔力を消費する眷属は、必要なときのみ召喚するのが基本だ。

そんな常識を無視するウィルは、慣れないながらも召喚する。

「っ、よし。できた」

戸惑いながらも魔法を成功させれば、二つの魔法陣が出現して頼れる眷属が出現する。

「ギギ!?　何事？」

「――――!?」

「まもの。倒すよ」

「ヨクわからないイ。だけど、ヤル！」

「――――！」

突然呼び出されたというのに、すぐさま呑《の》み込みコブロは槍を構えた。

イムもプルプルと闘志を燃やす。ウィルもベゴニアに貰《もら》った短剣を抜いて、ぎゅっと握った。

「ブルルルル！」

そしてデッドボアも、警戒していたシャルノアが完全に消えたことで動き出す。

大量の人間を轢き殺した最悪の魔物。それを前にしてもウィルは目線を逸《そ》らさなかった。

「ぼくたちじゃ、勝てない」

「ギギ」

「――！」

冷静に現実を受け止め、それにコブロとイムも同意を表すように頷く。

間違いなく、全員でかかったとしても簡単に蹴散らされるだけだろう。

だがシャルノアに扉を封じられた以上、倒す以外の道は残されていない。

「前に考えた、さくせんで行く」

「了解シタ」

一番可能性が高いことをやると決め、ウィル達は動き出す。先日、この戦力でどう戦うかと子供ながらに考えた作戦がある。それを使うしかないだろう。

デッドボアに通用するかなんてわからないが、それしかないと動き出す。

ウィルとコブロはデッドボアを挟むように位置取りし、武器を構えた。

「イム！」

その上で名を叫べば、イムはのそのそと動きながらどこかへ消える。こうして五歳児とスライムとゴブリンによるデッドボア討伐戦が開始された。

「死にたく、ないなあ」

だがウィルは、そうやって弱音を吐く。いや、当たり前か。

デッドボアの恐ろしい覇気を感じながら、泣き叫ばないだけ立派だ。

普通の五歳児であれば、立ち向かうことなく泣いて逃げ出している。

「ふぅ……行くよ、コブロ！」

「了解ダ！」

しかしそこで弱音を吐くことを止《や》め、ウィルとコブロは走り出した。

デッドボアから距離を取り、しかし挟むように位置取りを間違えない。

「ブルアアアアア!!」

まるで挑発するような鬱陶《うっとう》しい動きに、デッドボアは怒りのまま突進した。

「さくせんは、よけ続けるっ！」

その突進から、ウィルは転がることでどうにか逃げ切る。しかしデッドボアの速度はとんでもなく速く、当たれば死ぬという恐怖も相まって体勢を崩してしまった。

「ギギ。こっちだ」

だがそれをカバーするのはコブロだ。

ウィルに追撃が行かないように、落ちていた石を投げてデッドボアの注意を引く。

「ブルルル！」

やはり思考はお粗末のようで、コブロの挑発にターゲットを変更して襲いかかった。

「ぐっ。俺ハ死ななイ」

そしてコブロも、どうにか避《よ》けた。

二人は何もせず、ただ逃げ続ける。デッドボアの恐ろしい突進も、落ち着いて逃げることに徹すれば問題ないと気づけば次第に動きは機敏《きびん》になった。

だがそれも不思議な話だ。逃げ場のない空間で、死と隣り合わせの逃走劇。

普通であれば心が持たない。しかしウィルはとても落ち着いていた。

それは仲間を、信じているからだろう。

「こっちだ！」

コブロが危なくなれば、ウィルが石を投げて挑発。逆もまたしかり。

だがそれでは勝利はない。いずれデッドボアも学習して、一人を付け狙うことになるだろう。

「じゅんびっ、できた！　さくせん通り！」

「理解シタ」

だが状況が破綻するその前に、全ての準備が整った。

これで勝負をつけようと、ウィルは壁ギリギリに立ち構える。

「さあ、デッドボアを受け止める！」

ウィルから飛び出すとんでもない宣言。それは死にますと叫ぶのと同義だ。

大人を一瞬で肉塊にできるその突進を、五歳児が受け止められるわけがない。

故にウィルは、壁を背に立った。

「ブルオオオオオ!!」

石を投げての挑発——。

だが今回は短剣を構えてまだ逃げない。後ろの壁に背をつけながら、ただ時を待った。

「ここだ！」

そして轢き殺されるであろう数秒前に、ウィルは全力で真横に跳ぶ。

「ブオッ!?」

壁際ギリギリで逃げたからだろう。勢い余ったデッドボアは、止まることもできずに音を立てて壁に激突した。

怒りのままの強い突進で激突すれば、デッドボアとてただでは済まない。

混乱するようにその場でうずくまり、それを待ってましたと言わんばかりにウィルは叫ぶ。

「イム！」

そしてウィルの命令と共に、天井に張り付いていたイムが降って来た。

「ブモオ!?　モゴゴボ！」

イムはスライムの体を活かし、デッドボアの顔に張り付く。

急に呼吸、視界、嗅覚を封じられればデッドボアとて隙だらけ。その隙を、逃さない——。

「行くよ」

「心得タ！」

コブロは槍。ウィルは短剣。それぞれ脳天と首筋という弱点目がけて刃を走らせた。

「ブゴオ!!」

賞賛するべきだろう。幼く矮小《わいしょう》なウィル達が、知恵と勇気を頼りにここまでやったことを。

一体何人の五歳児がここまでできる。魔法があるとはいえ、世界でも数える程度だろう。

だがやはりウィル達は弱くて、デッドボアは幾人もの命を奪った魔物なのだ。

「えっ!?」

「馬鹿ナ!?」

「きいてない!?」

まるで鋼鉄のようなデッドボアの体を、ウィル達は貫くことができなかった。

それは技術が足りないのもあるし、力が足りないのも原因か。

つまり所詮は五歳児のウィルに、どうこうできる魔物ではなかったのだ。

「ブルルルル!」

デッドボアは顔に張り付いていたイムを剥《は》ぎ取り、鋭い瞳でウィルを睨《にら》んでいた。

「っ……!」

そして漂う死の気配。その殺意を前に、ウィルは今から死ぬのだろうと直感した。

短くて下らない人生がここで終わる。もうこれ以上の手札はなく、その運命からは逃れられない。

デッドボアに轢き殺され、そこらにある死体の仲間に加わる結末。それは本当にいいのだろうか。

「ブオオオオオ!!」

デッドボアの怒りと殺意の咆吼が聞こえる。ウィルの目は、死と恐怖を前に濡れていた。

「いやだっ。ぼくは、死ねない!!」

恐怖に体がすくむ。だがウィルは、全力でその運命を否定した。

「『魔弾』!!」

己の中に眠る魔力を、全力で放つ。

普段であれば様々考える魔弾の発動プロセスも、全部無視して感情のままに魔弾を放った。

それはウィルの中に眠る、凄まじい魔力を引きずり出す結果となる。

「うああああああああ!!」

「ウィル!?」

ウィルが放つのはいくつもの魔弾。否、魔弾とも言えぬ魔力の塊が無差別に放出される。それはデッドボアの突進にもビクともしなかった地下室の壁を抉《えぐ》り取る威力だ。

そして仲間であるコブロ、イムにも魔弾は牙を向く。

「イム。逃げルゾ!」

コブロは剝がされて転がっていたイムを拾うと、一気に物陰に飛び込んだ。

だがデッドボアにはその知恵がない。

ウィルから逃げることが恥とでも言うように、真正面から突進した。

「消え、ろ!」

「ブゴ!?　ブオオオオオオ!!」

その突進を、ウィルの魔力はものともしなかった。

ウィルはただ、己の魔力を放出しただけだ。ウィルの奥底に眠っていた魔力をだ。そんな魔力に当たれば、デッドボアの前足が消し飛ばされる。

次いで腹、頭蓋。そして全身。デッドボアが悲鳴を上げられたのは僅か数秒だ。

死体と言える物は残らない。ほんの少しの肉片だけを残して、デッドボアは跡形もなく消滅した。

「はぁ、はぁ。あああああ!」

だがウィルは止まらない。

デッドボアが消滅したのに、己の力がコントロールできないかのように魔力を放出し続ける。

それは地下室を揺らし、全てを破壊し尽くす崩壊のようだった。

「う、くぅ……はぁ、はぁ」

その中でウィルが抱えるのは、深い孤独だ。

己の何かが崩壊していくのを感じながら、一人で死に逝く気配を感じる。それは堪《たま》らなく寂しくて、死ぬことよりも恐ろしい。

「――深呼吸」

だからその声が聞こえたとき。背後から温《ぬく》もりを感じたとき。ウィルの心は氷解するように温かくなった。

「落ち着くっすよ。息吐いて、吸って」

「あ、うぅ……すぅ、はぁ」

耳元で囁《ささや》かれる言葉に従い、ゆっくりと呼吸を繰り返した。その温もりが、自然とウィルを正常に戻してくれる。呼吸を繰り返す中で、ウィルの精神は徐々に安定した。

「――はい終わり」

そして急に、壊れた蛇口を無理矢理閉められるように、ウィルの魔力放出は収まった。

「あ、うぅ。シャル、姉さん？」

「ウィルは、凄いっすね。助ける前に倒しちゃったっす。だけどその力の使い方は駄目っすよ」

膝を突いてウィルを抱きしめてくれたシャルノアは、先ほどとは打って変わって優しい声だった。

「それは何年。あるいは何十年も修業してようやくコントロールできる力っす。今は暴走して出てしまったウィルの可能性っすよ」

「ぼく、の？」

「そう。だけど、まだ足りない。沢山修業した果ての力を、今使うと身を滅ぼすっす。デッドボアを容易《たやす》く消し飛ばす才能が、ウィルにはあるのだろう。

未熟なウィルでは使えないはずの力が、死を前にして出てきてしまった。

それが今起こったことであり、ウィルが見せた可能性だ。

「未熟なままにそんな力、次使ったら本当に死ぬからもう禁止。わかったっすか？」

「うん。わかった」

これが二度と使ってはいけない力だと骨の髄まで理解した。

己に眠る魔力を無差別に放ち、敵も味方も、自分すら滅ぼす愚行だ。

「うんうん。素直が一番っすよ。……でも、ウィルは何なんすかね」

「ん？　どういうこと？」

「その魔力の質は、普通じゃないっす。まるで団長を見ているみたい……」

そう言ってシャルノアはウィルを見た。ウィルの中に眠っていた魔力は、団長に匹敵するほどの質を感じる。つまりそれほどの強者から受け継がれてきたもので、ウィルの親は間違いなく普通ではない。なぜ路地裏で死にかけていたのか。なぜ、ウィルは孤児だったのか。不思議でしかたがなかった。

「って、どうでもいいっすね。そんなことより、やることやるっすよ」

シャルノアは途中で考えることを止め、よしよしとウィルの頭を撫でながら解放してくれる。その手はとても温かく、そんなシャルノアを見ながら、ウィルは問いかけた。

「シャル姉さんは良い人？　悪い人？」

先ほどの冷たく突き放すようなシャルノアと、今のとても優しいシャルノア。その本性はどちらなのだろう。

「んー。あたしはあたしっすよ」

だがシャルノアは煙に巻くようにそう言う。

「でも、あたしは優しいと評判だから良い人っす」

「ん……シャル姉さんはへんな人」

よくわからなかったので、ウィルはそう結論付けた。

一旦落ちつけば、事後処理である。

「ウィル、大丈夫カ？」

「コブロ。うん。だいじょうぶ」

無差別攻撃に巻き込んでしまったというのに、コブロは気にもせずに気遣ってくれる。

とても素晴らしい眷属に、ウィルは笑顔で頷いた。

「でも、イムは？」

「イムは……アッチ」

姿のないイムのことを聞けば、コブロは壁際を指差す。地下室の隅を見れば、そこには散乱している死体を食べるイムがいた。

「あ、イム！　だめでしょ」

デッドボアに殺されたことでもう誰が誰だかわからないが、死体を勝手に食べるのは駄目だ。

遺族の下《もと》へ返したり、人攫いの調査であったり。食べるべきではない。

「んー。まあいいっすよ」

しかしシャルノアは、そう興味なさそうに言った。

「え。だめだと思うけど」

「遺族もここまでされちゃ顔なんてわからないし、この国の騎士は役立たずなんでどうせ捜査なんてしないっすよ」

確かに原形を保っている死体は一つもない。身元を調査するのは間違いなく大変な道だ。

国が全力でやれば可能かもしれないが、するメリットがない以上ありえないだろう。

「えー……そうなのかな？」

「そうっす。それよりちゃっちゃと綺麗にしないと病気が蔓延《まんえん》するっすよ」

無知なウィルではそれが正しいのか悪いのかわからないが、反論する言葉も浮かばないのでそういうものかと頷いておく。

そんなことをしていれば、地下室にあった死体も血も、全てが綺麗さっぱり消えてしまった。

「これでやりやすくなったっすね」

綺麗な場所で捜査したいから、イムの死体食いを黙認したのかもしれない。

そんな自分勝手なシャルノアは、土魔法で生み出された巨大な手で瓦礫を退かして調べ始める。

「んー。これは何すか？」

「知らない」

そうして見つけた物を逐一拘束した男に見せていた。

「取引先が書いてあるっぽいっすね」

だが男の返答はあまり聞かず、シャルノアはパラパラと紙束を見る。

「デッドボア。バス公爵……」

「それは！」

「ヌーデリア王国の公爵家っすね。あたしがこの前嫡男を半殺しにした家っす」

「ぼくも会った」

先日蹴り飛ばされた縁だ。悪そうな奴だとは思っていたが、まさか人攫いと関わっていたとは。

だがシャルノアはそんなことどうでもいいと、パラパラ紙を捲《めく》り出す。

「最近王国貴族の間で魔物を戦わせる遊びが流行《はや》ってるとニャーコが言ってたっすかね」

「そうなんだ」

「でも人を攫う理由がわからないんすよね。ヌーデリア王国じゃ奴隷は禁止されてるし……」

そう言って頭を悩ませるシャルノア。魔物は攫う理由もわかるが、人がわからなかった。

奴隷制度がないヌーデリア王国では人を攫ってもその扱いに困るだろう。

秘密裏にやるには人数が多く、何かしらの人身売買があることは確かだ。

「サーシャ、ベルイヤ家。ローレンス、アルフナート家。アイリス、メフスー家」

恐らく前半が攫われた者の名前で、後半がその行き先ということか。しかし貴族家の名前なんてまるで知らないシャルノアでは、誰なのかがピンとこない。

「こんなときにニャーコがいれば……。これ、どこの家っすか？」

「し、知らねえ」

取りあえず男に聞いてみるが、やはり首を横に振った。本当に知らないのか隠しているのか。

やはり簡易的でも拷問するかと思った瞬間だった。

「レノン、テンペスト家」

その名を呼び上げると同時に、シャルノアの表情が変わった。

「なるほど。大体わかったっす」

「そうなの？　それはほんと？」

「失礼っすね。あたしもやるときはやるんすよ」

何と失礼なクソガキだとシャルノアは怒るが、今はそんなのどうでもいいと、男の襟首を摑んで引き寄せる。

「これ、他国っすね」

「っ——！　し、知らねえ」

「図星っすか」

男の反応にシャルノアは薄く笑う。

「他国と人身売買。ヤバいことやってるっすね。捕まれば即刻死刑の重罪っすよ」

どんな人間であれ、ここまでやれば言い訳も聞かずに打ち首になる所業だ。

こんな小物っぽい男など、百の苦しみの後に死刑となる最悪の結末を迎えるだろう。

それがウィル達が首を突っ込んでいる事件だ。

本当に大丈夫かとシャルノアを見るが、彼女は気にすることなく男を見つめていた。

「候補は二つっすね。帝国か、聖竜国」

人身売買をしている国を、シャルノアはすぐさま二つに絞った。

ヌーデリア王国がその二つとしか隣接していないのもあるが、そこ以外の国で奴隷制度がないのもある。

「帝国はありえるっすね。六年前に攻めてきて、とんでもない戦争が起こったっすから」

「…………」

《激獣傭兵団《げきじゅうようへいだん》》が大活躍した六年前の戦争。それを思えば、今回の人身売買も不思議ではない。

「だけどあの国はこんな間怠《まだる》っこしいことしないっすね」

だがその言葉通り、こっそり人身売買するより、国を滅ぼして纏《まと》めて奴隷にしてしまう国だ。

こんなコソコソ動くようなことはありえないだろう。

「故に取引先はエルジェリア聖竜国。あのクソ国家ならこういうこと、しでかすっすよね」

「知らねえ」

「あの国あたし大っ嫌いなんすよ。今すぐ吐けば楽っすよ。あとで体に聞くことになるっすから」

「い、言えねえんだ。そもそも言うことができねえんだよ」

「それを決めるのはお前じゃない」

言えないのではない。言わせるのだ。

それがシャルノアであり、《激獣傭兵団《げきじゅうようへいだん》》一残虐と言われる拷問をもってして、暴けなかった秘密はない。

しかし男は、震える瞳でシャルノアを見ながら口をつぐんだ。

「言ったら殺されるんだ。あの人は悪魔だ。俺の体はもう言えなくなってる」

「言え」

「無理だ！　ボスはくうか――」

そう男が言った瞬間、首が捻《ねじ》れた。

「はっ？」

シャルノアが何かをしたわけではない。突如として男の首、そして全身が雑巾を絞ったように捻れてしまう。

それを止めようとするが無意味で、男は声も上げられずに捻じ切れて死んだ。

「な、なにこれ？」

「特定の言葉を発すると発動するようにしてたみたいっすね」

「まほー？」

「そうっす。こういう使い方もあるんすよ」

魔法は素晴らしい技術だとウィルは思っていた。だがこんなにも残酷な使い方があるらしい。

使い方や使う者。それら次第で、何の脈絡もなく雑巾を絞るように人を殺すこともできる。

その事実にウィルはブルリと震えた。

「……これハ。敵がやったコトカ？」

「そうっすね。聖竜国の野郎共っすよ」

コブロの問いかけに、嫌悪感丸出しでシャルノアは吐き捨てる。

「せいりゅうこくって、なに？」

「エルジェリア聖竜国。……竜の神、神竜を崇《あが》めるイカれた宗教国家っすよ。人間以外は全て魔物と差別する、クソみたいな国っす」

竜をトップとした宗教国家。それにシャルノアは並々ならぬ感情を持っているようだった。

今すぐにでも滅ぼしたいというほどに、恐ろしい顔で男の死体を見つめている。

「聖竜国も六年前に戦争して、うちがボコボコにしたって話っす」

「六年前？　ていこくとも、せんそうしたんでしょ？」

「大変だったらしいっすよ。帝国と戦争して、その後すぐ移動して聖竜国」

当時はまだ団員でなかったシャルノアは又聞きでしかないが、その大変さは誰でもわかるだろう。

一国と戦争して勝利した後、間髪いれずに次の国。頭がおかしくないとできないことだ。

「団長の故郷に攻め入ろうとした聖竜国を、許しておけないっすからね。無理したんすよ」

人間以外は全て魔物と豪語する聖竜国にとって、獣人の暮らす国はまさに格好の標的だった。

団長の故郷である獣王国に侵攻し、滅ぼそうとする。そんな蛮行に団長がぶち切れた故の強行軍だ。

「まあそんなクソ国家っすから、人身売買ぐらいは平気でやるっすよ」

そうシャルノアは言って、攫われた人間の行く末を考える。

人間以外の種族や、他国の人間。それらは全て奴隷として聖竜国で、悲惨な人生を送ることになるだろう。

救いの道はなく、あるいはここで死んだ方が、苦しまずに済むという点ではマシだったはずだ。

「あたしのお膝元でこんな蛮行――絶対潰す」

シャルノアは怒りのままに魔力を発し、好戦的な笑みを浮かべる。

「そっか。がんばって」

「ギギ」

「――！」


どうやらとんでもなく悪い奴らがいるらしい。

ウィルとコブロ。それにイムも闘志を燃やして正義を誓う。悪が蔓延《はびこ》ることは許さないのだ。

「取りあえず証拠になりそうなものは全部回収。あたし達がどうにかするっす」

「えらい人とかに、言わなくていいの」

だがそこで、ウィルは首を傾《かし》げて問いかけた。

これほど大事になれば、国を挙げて捜査するべき一大事件だ。ウィルが読んでもらった本には、正義の騎士が悪の組織をやっつけるものがあった。

ここはヌーデリア王国の騎士団の出番だろう。

「さっきも言ったっすけど、この国の役立たず騎士団に捜査なんて無理っすよ。それに公爵まで関わってるとなれば、国にはあまり頼れないっす」

しかしシャルノアは否定する。国の重鎮でもある公爵家の人間まで関わっていたとなれば、賄賂と汚職の温床と謳《うた》われた王国騎士団は意味をなさない可能性が高い。

基本的に人を信用してないシャルノアは、それらの理由で独自の捜査を決意した。

「それに、あたしは最強なんすよ。有象無象は必要ないっす」

「さすがシャル姉さん」

その雲を貫く大山脈のような自信こそが、シャルノアの持ち味だろう。

国のことを信用するどころか下に見て、自分に絶対の自信を持つ。そんな生き方は憧れてしまうものだ。

「じゃあ撤収するっすよ。ベゴニアあたりに協力させて人攫い集団は壊滅させるっす」

「がんばれー」

「ウィルもやるんすよ」

「えっ？」

応援しているだけのつもりが、どうやらとんでもないことに巻き込まれそうな予感がした。

役に立ちそうな物を持ち出し、みんなで一緒に地下室を出る。

敵のアジトや組織構成がわかる資料はなかったが、それでもよく調べれば何かわかるだろう。

「さーてと。一旦帰ってベゴニアを連れてくるか、ニャーコが帰るまで待つか。悩むっすね」

「そうだね。ぼくはなにもできないよ」

「ギギ。ウィルに、変なコトさせるナ！」

いつの間にかシャルノアの愉快な仲間達に加えられたウィルはジト目だ。

コブロも主人を危険に巻き込むシャルノアに槍を向けて威嚇する。

「えー。でも楽しいっすよ。悪い奴らぶっ殺すの」

「ちょっとよくわからない」

ゾクゾクと震えながら邪悪な笑みを浮かべるシャルノア。そんな彼女を理解するなど不可能だ。

例えばシルクと同じぐらい何を考えているかわからない。いや、シルクは顔に出ないだけでとても可愛い人だ。顔に出ているのに理解できないシャルノアの方が厄介か。

「まあウィルもいつかわか――」

ふと、そこでシャルノアは言葉を切ると周囲に鋭い視線を飛ばす。

そして一点、東方を見ながらげんなりした顔で悪態をついた。

「……怒らせたっすか。めんどくさ」

そして全身から魔力を発しながら、腰に差していた鉈《なた》を抜く。その瞬間、空気が変わった。

「グルルルルル!!」

うなり声と、恐ろしいほどの冷気を纏いながら姿を現すのはフェンリルだ。

器用に周囲に乱立する建物を破壊しないよう、その巨体でシャルノアの前に着地する。

そしてその背から飛び降りて、着地するエルフの少女がいた。

「ウィルに何してる……牛乳女」

それは、弟子を連れ去られて怒り狂う師匠だ。初めてできた弟子を可愛がっている最中にこれ。

温厚と噂の最強召喚士、《幻獣姫《げんじゅうひめ》》シルク・ロートネックもさすがにぶち切れていた。

「別に～。なーんもしてないっすよ」

そんな怒り心頭のシルクに、べーと舌を出しながら言い訳をするシャルノア。

「嘘。……ウィル、何かされた?」

だがシルクはその言葉を信用せず、何があったのかとウィルを見た。

二人の魔力と殺気がぶつかり合うとんでもない修羅場の中で、ウィルは少し考えて口を開く。

されたと言われればされただろう。

了解もなく人攫い退治に巻き込まれたり、デッドボアの前で放置されたり。されたと言われればされただろう。

「まあまあ？」

「まあまあされた」

だがもはや気にしていない。というか諦めているウィルは、そう表現した。

「うん……やっぱり何かされた、駆除する」

要領を得なかったシルクだが、取りあえずシャルノアが気に入らないので駆除を決行。

「お、やるんすかロリチビ。そろそろ戦いの方でも上であるって示しときたいっすね」

シャルノアも戦闘の気配に笑みを浮かべた。

「でもってなに。お前には、他にも負けてない」

「えー。ほら、女として？」

シャルノアは己の豊満な胸をアピールするように腕を組む。

「牛乳女。殺す」

「あー。持たざる者の戯《ざ》れ言《ごと》が聞こえるっすー」

この女はこれ以上生かしておけんと、シルクの殺意は最高潮。先手必勝とばかりに、襲いかかった。

「リル、突撃」

「ばーんっす」

シルクの命令にリルは突撃する。それに対して、シャルノアは土の盾を発動して防いだ。

だがぶつかり合った衝撃で、周囲の建物が揺れる。ウィルも揺れた。

「ギギ。ウィル、避難」

「うん。イムも行くよ」

この場にいたら二人の戦いの余波で吹き飛ばされるだろうと、眷属みんなで慌てて逃げる。

物陰に隠れて二人の戦いを見守るが、それはまるで世界の終わりだ。

「出会った時から生意気だった。やっぱ駆除するべき」

「それはこっちの台詞《せりふ》っすよ『大地の怒り』」

冷気を発しながら攻撃するリルと、大地を操るシャルノア。そのぶつかり合いで、周囲に散乱していた瓦礫が吹き飛んだ。

「だ、だいじょうぶかな？」

「周りニ人間はいなイ。多分、大丈夫」

「だといいけど」

シャルノアが人攫いの拠点を探るために暴れ回ったせいで、周囲の人間はとっくに逃げている。

こういう場所に住む者は危機察知能力に長《た》けているので、すでに無人の空間だ。

「あっ。ゆれる」

「ギギ。これハ。大変」

シャルノアが大地を操るせいで、グラグラと地震のように地面が揺れる。そしてそれをものともせず、リルは突進した。

リルと土魔法は激突し、そのたびに余波で周囲が揺れる、まさに天災。天変地異だ。

「――！」

「イムはあんなふうに、なっちゃだめだよ」

胸に抱く可愛いスライムにそう言い聞かせる。とても良い子なイムが問題児になるわけないが、心配のあまりそう言ってしまう。

プルプル震えるイムは、わかったと言った気がした。

「揺れル。崩れル。大変ダ」

「ほんと、どうするんだろ」

恐らく副団長が泣きながら事後処理をする羽目になるのだろう。ウィルは合掌した。

そんな二人の戦いは十分ほど続き、その短時間で出した被害は計り知れないとだけ言っておこう。

「いつか泣かす」

「ロリチビが泣くっす」

最終的に取っ組み合いの喧嘩《けんか》になり、頰の抓《つね》り合いをする二人。ウィル達の視線はとても冷たかった。

様変わりした光景は、二人が生み出したものだ。巻き込まれた人はいないと言うが、巻き込まれた物は大量だ。

「……ちょっと、やりすぎだと思う。もっと仲良くできないの？」

「『こいつが悪い』」

そうやって指を差し合う二人。もはや仲が良いだろう。

「そういうのだめだと思う。けんかするのはしかたないけど、めいわくかけない。だいじだと思う」

「『うっ』」

「ふくだんちょー、泣いてた。少しは気をつけるべきだよ」

「ギギ。その通り。ウィル偉イ」

大きい子供である二人は、より小さなウィルにお説教をされていた。

地べたに正座をし、その言葉に心をグサグサ刺される。

幸い建物も少ない場所だったので被害は少ないが、それでも副団長が泣き出すほどの損害はあった。

「ちゃんとあやまってね。ここに住む人にも、ふくだんちょーにも」

「はい。まったくもってその通りです」

「うぅ。五歳児に説教されてるっす」

五歳の男の子に本気で怒られているのが何よりも応《こた》えたらしい。

先ほどまでの喧嘩を忘れて、そのお説教に目をつぶってプルプルと震えた。

「ウィル、偉イ。凄イ。コイツラ、駄目。馬鹿」

「ゴブリンに馬鹿にされた」

「ゴブリン以下ってことっすか」

ついでにコブロにまで馬鹿にされ、二人は意気消沈する。

そうしてたっぷり反省したところで、その場はそれで終わりとなった。


「別にいいのですよ。ちゃんと責任を取るのなら」

屋敷に帰ると、早速とばかりにお説教第二ラウンドが始まっていた。

コメカミをひくつかせながら、副団長はどうにか笑顔を向ける。だがそれが何よりも恐ろしく、二人は正座しながらまたブルブル震えていた。

「でもあなた達は何もしない。私が対処しているのです。面倒事を起こすならそれ相応の後始末をするのが大人というもので——」

副団長の言葉は止まらなかった。大凡《おおよそ》十分間クドクド言い続けても、なお止まらぬ言葉の嵐。それに反省を通り越してげんなりすること三十分。ようやく解放された頃には、日はとっくに沈んでいた。

「あ、足痛い」

「痺《しび》れるっす」

「それぐらい我慢しなさい。弁償する金はあなた達の給料から引いておきますからね！」

ずっと正座でお説教をくらっていたせいで、二人は痺れる足に涙する。その上での減給宣言だ。

こんなことになるならもう二度と面倒事を起こさないと誓った。延べ三十回目の誓いである。

「それで、ニャルコはどこですかシャルノア？」

説教が一段落すれば、副団長はシャルノアのお目付役がいないと聞いてみる。

もう一人の仲間と一緒に、任務に送り出したはずだ。

「ニャーコは依頼の事後処理中っす。あたしああいうの苦手なので」

「まったく。押しつけて一人だけ帰ってきたのですね。本当にあなたという人は——」

そうしてまたお説教。どうやら副団長の言葉が尽きることはないらしい。

余計なことを言ってしまったとしかめっ面しながら、俯《うつむ》いて説教を聞くシャルノア。

その隙に脱出してきたシルクは、酷《ひど》い目に遭ったとウィルの側《そば》までやってきた。

「ニャルコってだれ？」

「うちの諜報《ちょうほう》担当。シャルノアとあだ名で呼び合うくらい仲が良い」

「たしかに。シャル姉さん。ニャーコって言ってた」

「あと猫獣人。撫でるとゴロゴロ鳴く可愛い子。よくにゃーんて鳴いたりする」

「へー。それはかわいい」

シャルノアのインパクトが強すぎて、残りの団員の名前を忘れていた。ニャルコという諜報担当。

そして行方不明のライネルという人を含めて《激獣傭兵団《げきじゅうようへいだん》》の総勢だ。

シャルノアは、ニャーコがいれば楽になると口癖のように言っていたが、頼りになる子なのだろう。

副団長もニャルコがいれば止めてくれたのに、なぜいないのだと説教していた。

「あ、それよりししょー。ちょっと見てほしい」

「ん、なに？」

思い出したとばかりに、ウィルはシルクを部屋の隅へと連れて行く。

そこには眠そうにうずくまるコブロと、プルプル震えるイムがいた。特に外見に問題はないが、受け答えに覇気がない。

帰ってきてから急にこうなり、少し不安なウィルだった。

「ああ、進化の前兆」

何か病気なのかと不安がるウィルに、シルクは何となしにそう言う。

「しんか？」

「そう魔物の成長のこと。進化して、より高位の存在になる」

「へー。それは凄い」

ただのスライムとゴブリンであった二体も、ちゃんと成長していくらしい。

人とは違う進化という成長のあり方に、ウィルは目を輝かせた。

「今日の戦いが切っ掛けかな。暫《しばら》く、そっとしておくこと。動かさない方がいい」

「うんわかった！　楽しみだな」

眠るようにうずくまる二体を応援する。今回のデッドボア戦での経験がその成長を促したならば、自分も成長するのではと嬉《うれ》しくなった。

「って。放しなさい！　こら、シャルノア！」

「いやっすー。あたしが、あたしがやるのー！」

コブロ達の進化を見ていたら、いつの間にかシャルノア達にも変化があったようだ。

正座して俯いていたシャルノアは、形勢が逆転したかのように副団長にすがって放さない。

副団長はそれを必死に引き剥《は》がそうとするが、シャルノアはまるで絡みついたように離れなかった。

「……何してるの？」

「人攫いは取りあえず国に報告すると言ったらこうなりました！」

「だってだって。人攫いはあたしが退治するっす！　あたしの獲物！」

自分勝手の権化であるシャルノアは、獲物を横取りされるのが我慢ならないらしい。

人攫いに目をつけたのは自分が先だの、横取りはマナー違反だの駄々《だだ》を捏《こ》ねる。しかし副団長は、取り付く島もない。

「聖竜国が関わっている可能性があるなら、報告しないといけません。王国騎士と連携して動くべきです」

「あんな役立たず共いらないっすよ」

「真実ですが、そんな大声で言わないでください」

どうやら王国騎士は副団長も肯定するほどの役立たずらしい。

とはいえ王国という雇い主の抱える組織。立場上批判することはできず、その口を閉ざそうとした。

「とにかく！　文句は言わせません。この件は私が預からせていただきます」

「うー！　副団長の馬鹿！」

「馬鹿で結構です」

ついにシャルノアを引き剥がすことに成功した副団長は、そう言い捨てて急いで部屋を出て行った。

「むー。あたしのなのに……」

「もうあきらめたら、シャル姉さん？」

「嫌っすよ。諦めるなんて言葉、あたしの辞書には載ってないっす」

何と質の悪い問題児だろう。あれほど強く言われたのに、諦めるつもりはないらしい。

「呆れた。シャルノアは馬鹿」

「ロリチビには言われたくないっす」

そうしてバチバチと睨み合う。だが先ほどしこたま怒られたので、手が出ることはなかった。

「そもそも王国騎士の手に負える相手じゃないんすよ」

「なぜ？」

「用意された設備。あれは国を挙げての作戦に違いないっす」

貧民街に生み出された地下室を見て、シャルノアは確信した。あれほどの設備を秘密裏に用意することを考えれば、聖竜国主導で行われた大規模な作戦であるに違いない。

「……でもへんだと思う」

しかしウィルはその意見に反論した。

「うん？　どうしたんすかウィル」

「あの男の人。そんな凄そうに見えなかった」

そう言ってウィルは疑問を口にする。確かに用意された設備は凄かった、しかしそれを使う人間がお粗末だ。

「シャル姉さんにあっさりとられたり、デッドボアを逃がしたり。国がやるなら、もっといい人使うはず」

用意された設備に見合わない人材難。それが疑問点だ。

シャルノアの問いかけに沈黙を通したのは偉かったが、それでも態度がわかりやすい。

危険なデッドボアを逃がして、攫った人と一緒に死ぬのもわけがわからない。

まるで貧民街にいた者をその場でスカウトして使っているかのごとき雑さだ。

「そう言われれば、そうっすね」

「ウィルは賢い。褒めてあげる」

「んー」

鋭い意見を言ったウィルに、シャルノアは頭を悩ませ、シルクは撫で回す。

「国の主導なら、確かにもっと良い人材を使うっすね」

「ということは、聖竜国じゃない?」

「それはないっす。攫った人間は全部聖竜国行きっぽいっすから」

地下室に残されていた資料を見たシャルノアだからわかることだ。

唯一知っていた家名は聖竜国の名家のもの。それに捕らえた男の態度からして間違いないだろう。

「……もっとよく調べる必要があるっすね」

「ふくだんちょーに止められてる」

「うぐっ……こっそりやるっす」

果たしてシャルノアにこっそりやることなど可能なのか。

派手に動くことが大好きなシャルノアでは難しそうだ。

「暫くは大人しくしといたら？　拠点を潰して派手に動いた以上、人攫いも一時は大人しいはず」

「……それもそうっすね。相棒のニャーコがいないと、こういうのは難しいし」

シャルノアが派手に動いたので、敵も暫くは大人しくしている公算が大きい。

そうなればシャルノア一人で見つけるのは困難で、頼れる相棒を待つことを決意した。

「となると暇っすね。ウィル、あたしと遊ぶっす」

「えー。ぼくおしごとする」

「そんなのいいっすよ。戦い方教えてあげるから」

その精神はウィルよりも子供なのだろう。人攫い捜索を一旦止めたシャルノアは、ウィルを巻き込んで遊ぶことを決意した。

「こら。ウィルは私のもの」

「違うっす。あたしが貰うことにしたっす」

「はあ!?　許さない」

そうしてまた睨み合う二人。そんな二人に溜め息をついて、ウィルはこっそりその場を離れた。

「まずは、ごはん作るお手伝いしないと」

そう言ってキッチンに向かうウィルが、一番大人であった。

エピソードIV ✦ 不穏な影

人攫《ひとさら》いのまとめ役。ルーデルクはただの屑《くず》だ。

ヌーデリア王国王都。その貧民街に生を受けた彼は、齢《よわい》十の身で、真面目に働くという道を放棄した。

盗み、強盗、恐喝。生まれながらの力をもって人から金を奪う日々。人殺しにだけは手を染めなかったが、それを免罪符にして罪を犯すぐらいには屑だった。

いつの日かそんな馬鹿なことを共にする仲間もでき、貧民街でも大きな組織となる。

まさに順風満帆。貧民街全土を牛耳る日も近い。そう、思っていたのだ――。

「――どうやら、《激獣《げきじゅう》》の奴《やつ》らに目をつけられたらしい」

ルーデルクはただ、震えながらその男の前に立っていた。

悪のカリスマ。そう自称し、貧民街の一角を牛耳っていた頃の姿はない。まるで生まれたての子鹿のように震えながら、その男が発する怒りに耐え続ける。

対面で椅子に座ってルーデルクを見るのは、竜の仮面を身につけた怪しげな男だった。

灰色の髪だけは見えるが、それ以外の一切がわからない。そんな男は、じっとルーデルクを見て問いかけた。

「聞いているのか？　名前は……なんだったかな？」

「ル、ルーデルクといいます」

「ああ、そうだったな。この貧民街で一番の有力者だったか」

最悪だ。そう、ルーデルクにとって今は最悪としか言いようがない。

せっかく貧民街の有力者となったのに、気づけばこの男の配下だ。

逆らうなんてできなかった。突如として現れた男は、逆立ちしても勝てないほどの強者だから。

「俺も人手が欲しかった。だから屑で馬鹿しかいないここでも、一番マシだったお前達《たち》を使っているんだ。それは理解しているな？」

「も、もちろんです。光栄です」

そんなわけあるか。

だがここまで馬鹿にされても、文句一つ言うことはできない。

もし刃向かえばその瞬間、雑巾を絞られるように肉体は捻《ひね》り潰されるだろう。

故にルーデルクは笑顔を貼り付けて、男のご機嫌を取り続けるのだ。

「話を戻そう。今回、三班の拠点が壊滅。今王国の騎士が跡地を調査している」

「はい、知っています」

「だが、騎士は金でどうにかなる」

男はそう断言する。

国の治安維持機関に悪事の現場を捜査されているというのに、慌てる顔一つ見せない。

「取引先の貴族の何人かに圧力でもかけてもらえば、屑なあいつらはすぐに手を引くだろう」

それがヌーデリア王国の騎士団だ。汚職と賄賂の温床であると市民の間ですら有名な集団。

魔物取引をしている王国貴族に手を引くよう説得してもらえば、平民が何人攫われていようとあっさり捜査を打ち切るだろう。

それが六年前の帝国との戦争で、一度壊滅してしまった騎士団の末路だ。

「しかし……《激獣傭兵団《げきじゅうようへいだん》》は問題だな」

「はい！　も、もちろんです。ボス、あれはイカれた集団だ。あれに目をつけられたなら手を引いた方がいい！」

そうしてボスと呼んだ男に、ルーデルクはここぞとばかりに叫んだ。王国の人間であれば、《激獣《げきじゅう》傭兵団《ようへいだん》》がどれほどイカれた集団か十分に理解している。

六年前、王都まで迫った帝国軍をたった六人で追い払い、その後すぐに聖竜国に乗り込んで獣王国への侵攻部隊を全滅させた化け物集団。

六人で国と戦争できる理解不能の最強傭兵団が《激獣傭兵団《げきじゅうようへいだん》》であり、貧民街の小悪党でしかないルーデルクにとって恐怖の象徴だ。

「なるほど……」

ルーデルクは《激獣傭兵団《げきじゅうようへいだん》》の恐ろしさを並べて伝える。しかしボスの声音はどこまでも平淡だ。

「本当に下らないな」

「えっ――？」

そしてボスは溜《た》め息をつき、ルーデルクを宙に浮かせた。

「はっ？　えっ？　た、助けてくれ！　ボ、ボス！　悪いことをしたなら謝罪する。だから止《や》めてくれ！」

「弱卒はいらない!!」

ボスはルーデルクを殺そうと魔法を発動する。何かに体を捻《ねじ》られる感覚と共に、直面する死の気配。このまま限界まで苦しみ死ぬのだろうという絶望がルーデルクを襲った。

「あ、すみ、すみま、すみません！　《激獣《げきじゅう》》は敵じゃありません！　逃げるなんて馬鹿らしい！俺はボスのためにいくらでも立ち向かえます！」

心のままに叫んだ。こんな最期はあんまりだ。絶対に嫌だ。《激獣傭兵団《げきじゅうようへいだん》》は確かに恐ろしい。だがこのボス以上に恐ろしい者はいないだろう。

恐怖のあまり叫び続けた言葉が届いたのか、ボスはゆっくりと拘束を緩める。

「……そうだな。お前は一つの失言程度で殺すには惜しい人材だ。己の有能さを誇るといい」

「あ、ありがとうございます」

その言葉と共に解放されたルーデルクは、すぐさま頭を限界まで下げてお礼を言った。

これがルーデルク。延《ひ》いてはその一派が男に従う理由である。

「お前達は人身売買、魔物売買。それでとても稼いでいるな」

「はい、もちろんです！　全てはボスのおかげです！」

ボスはどこからともなく現れ、設備を整え資金を出してくれた。恐ろしい人であるとはいえ、そんなボスのおかげで高いワインを飲み、綺麗《きれい》な服が着られているのは確かだ。

危険なことに手を出している自覚はあれど、こんな生活を体験すればもう抜け出せない。

しかしボスは、そんなルーデルクに溜め息をついて首を振った。

「だが俺にとって、人攫いは必要であったからやったにすぎない。俺の目的は当初より一つだけだ」

「えっ？　そうなんですね……それは、一体何ですか？」

これほどに大がかりなことをしていても、ボスにとっては目的のための足がかりにすぎないらしい。

であればその目的は何なのかと息を呑《の》めば、ボスは一呼吸おいて口を開いた。

「《激獣傭兵団《げきじゅうようへいだん》》への復讐《ふくしゅう》。その団長、及び団員を全て殺して首を並べる。それが俺の目的だ」

「っ——!?」

その言葉にルーデルクは絶句した。ボスが放つ怒りの魔力にでもあり、不可能としか言いようがない行為にもだ。

《激獣傭兵団《げきじゅうようへいだん》》は最強である。あれを全員殺すというのは、国を滅ぼすと言い放つのと同義。

少数精鋭ながら一国と同程度の戦力を誇る《激獣傭兵団《げきじゅうようへいだん》》を滅ぼすのに、個人では太刀打ち不可能だ。

「もう少し時を待つべきかと思った。だが拠点を一つ潰された今が、その時なのだろう。神竜様の導きのままに俺は動く」

だがボスは本気なのだろう。仮面によって顔は見えないが、そこに渦巻く黒い感情はありありとわかる。

「お前も準備しろ。人攫いはもういい。それも全て前座にすぎないのだから」

「は、はい……」

本音を言えばそんなことはしたくない。

適当な平民を攫って売り飛ばし、その大金で豪遊する今の生活を続けたかった。

だがボスの命令には逆らえない。ぬるま湯から脱却し、その望みを叶《かな》えねばならないのだろう。

「準備をする。《激獣傭兵団《げきじゅうようへいだん》》は全て滅ぼそう。……ルティナのために」

「わ、わかりました」

ボスは最後に呟《つぶや》くように言うと、立ち上がる。その身が放つ恐ろしい覇気にルーデルクは頭を下げて追従した。

「奴らの隙は、最近入ったと噂《うわさ》の見習いのガキか……」

そして最強である《激獣傭兵団《げきじゅうようへいだん》》唯一の弱点を見定め、仮面の下で薄く笑った。


「何や、えらく大変だったらしいな」

そう言うのは、隣で一緒に剣を振っている団長だった。

暇だからとウィルに稽古をつけてくれている中で、先日の人攫い関連の話題が出る。

「うん。シャル姉さんに、まきこまれた」

「はっはっは。そら楽しそうやんけ」

「楽しくはない」

勝手に連れ去られ、人攫いとの戦いに巻き込まれることの何が楽しいのか。

最終的にデッドボアとの死闘を強いられ、嫌だと言うのに人攫い討伐のメンバーに無理矢理入れられた。

ウィルにとっては災難以外の何物でもない。

「そうかー。まあ、ウィルにはちょっと危険やな。聖竜国が関わってるっちゅう話やし」

「うん。とても凄《すご》いところ」

「せやな。帝国と並ぶ強国や。ヌーデリア王国は小さいから、睨《にら》まれたら一溜《ひとた》まりもないでー」

そう脅しつつ、《激獣傭兵団《げきじゅうようへいだん》》がいれば問題ないとも付け足す団長。たった数人しかいないのに、世界有数の強国と戦えるのは規格外としか言いようがないだろう。

「六年前、ワイの故郷を侵略しようとしたのを止めてからの因縁や。十中八九、ワイらが目的やろな」

「じゃあなんで人をさらうの?」

《激獣傭兵団《げきじゅうようへいだん》》が目的であるならば、王国の人間を攫う意味がわからない。人質にするわけでもなく、聖竜国に売り飛ばしているという。

「それはわからん。というか、あそこは宗教国家。神竜のためなら疑問に思わず何でもするイカれた奴らの集まりや。理由なんて多分めっちゃ下らないことやで」

「そうなんだ」

宗教というものをよく知らないウィルにはピンとこない。だがそもそも理解できるものではないのだろう。

「今は副団長が王国騎士に情報渡して一緒に捜査しとるけど……芳《かんば》しくないなあ」

「この国のきしは、やくたたずだから？」

「誰にそんな言葉習ったん？　正解やけど、あんま言っちゃいかんで」

「はーい。わかった」

やはりシャルノアの言葉を真似《まね》してはいけないようだ。だが王国騎士が役立たずなのは団長も認める事実らしい。騎士に密《ひそ》かな憧れを持っていたウィルとしてはショックなことだ。

「まあしゃあないんやけどな。六年前の帝国との戦争で、この国はいろんなものが壊れたんや」

「そっか……」

王国と帝国の戦争。そして聖竜国と獣王国の戦争。それら二つが起きた六年前は激動の時代であったのだろう。

その二つで活躍した《激獣傭兵団《げきじゅうようへいだん》》は、故に最強と呼ばれているのだ。

「ん、そういえばウィルも五、六歳やな。同じ時期に生まれたんかな？」

「そうかも」

大きな出来事が起こったその年に生まれたウィル。その圧倒的魔力量は戦争か何かが関係しているのかと団長は考える。

「あとでニャルコが帰ってきたら調べてもらうか」

現状不在の諜報《ちょうほう》担当を思い浮かべて団長は呟いた。

「うし。じゃあ今日はこれで終わりにしよか。ウィルもあとは遊んできいや」

訓練すること一時間。五歳児にこれ以上は酷だろうとそう言うが、ウィルは不満顔だ。

「ぼく、もう少しやりたい」

「やる気十分やな。だけど無理はあかんで」

訓練中毒者のような言葉を吐いたウィルに、団長はジト目だ。団長自身鍛錬大好きであるが、五歳の身でその精神はちょっと理解できない。

「ぼく、もっと強くなる！」

「その心意気は立派やけどな。まだ子供というか幼児やん。もっと楽に生きいや」

「……そうかな？」

「そうやな」

ウィルはまだまだ子供だ。だが何かを焦るような素振りを時折見せる。五歳児にとってそれは過剰な心持ちだ。

団長でさえ、五歳の頃はもっとガキだった。遊んでばっかりで親を困らせていた思い出ばかりだ。

「そろそろ眷属《けんぞく》が進化するんやろ？　様子見に行ったらええんとちゃう？」

「んー。じゃあそうする」

どうにか休ませようと、団長はそんな提案をする。

あれから数日。未《いま》だ眠り続けるコブロとイムを思い、ウィルはその言葉に従った。シルクにそっとしておくのが一番いいと言われたが、やはり心配は心配だ。団長と別れ、ウィルの部屋で眠っているはずの二体の様子を見ることにした。

ウィルに与えられた部屋はとても質素でベッドぐらいしかない。基本寝る以外の目的で使わないため問題ないが、今は少しだけ物が増えていた。

それは眷属達の寝床であり、いつもは立って眠るコブロも今回ばかりはそこで眠っていた。

「二人とも、だいじょうぶ？」

軽く扉をノックしてから、ドアノブを捻って中に入る。そしてウィルは固まった。

「……えっ」

眷属用に設置されたベッドの上。そこには二人の人間がいた。いや、恐らく片方はコブロ。そして見知らぬ少女が一人だ。

「む、ウィルか」

「ぷる！　ごしゅじん！」

「……コブロ？」

「うむ。そうだ」

百三十センチほどしかなかった背丈は、百六十センチほどに成長している。顔つきも人に近くなり、切れ長の目でクールなイケメンと言えるか。紫色の髪と黒い瞳をしており、発音も流暢《りゅうちょう》になった。その緑色の体と角がなければ人と見紛《みまが》うだろう。

そしてコブロから視線を外し、片割れの少女を見る。

「そっちは？」

「イムだ」

「ぷる！」

「……ほえー」

イムとはスライムである。プルプル可愛《かわい》いイムが、進化すると可愛らしい幼女となった。

その事実をウィルは受け止められずに目を丸くしていた。

「ごしゅじん！　やっとお話できるのだ」

そう言ったイムは、駆け寄って抱きついてくる。

「おっとっと……あ、ほんとだ。プルプルしてる」

「ぷるー」

抱き留めたイムは、同い年ぐらいの姿だ。しかし触ればプルプルしており、スライムだとわかった。

身に纏《まと》っているワンピースも、ただ再現しているだけでスライムの体であることに変わりはない。

よく見ればところどころ溶けており、確かにイムであると納得させられる。

「どうしたの、これ？」

「ぷるー。イム、進化したら、いろんな物に変身できるようになった！」

「それは凄い」

「イムは食べた物を、こぴーしちゃうのだ。えっへん」

食らった物に変身できる。スライムから進化すればそんなことになるのかとウィルは驚くが、明らかに異常だ。

「ん、食べたものにへんしん？　それって人間を、食べたの？」

そしてウィルはそんな疑問を抱く。今、イムは五歳ぐらいの人間に変身している。

ということは、どこかでその少女を食ったということだ。

「ぷる……？　あの地下室の、死体かなー」

「あっ。そういえば、食べてたね」

先日の地下室にて、デッドボアによって生み出された死体を勝手に食べてしまったことがあった。

あの時にコピーし、今変身しているのだろう。

「そんなに幼い子供がデッドボアの手で殺されたとはな。不憫《ふびん》なことだ」

「そうだね。悲しいよ」

今イムがコピーしているのは、あの日無念にも殺された少女のものなのだろう。

売り飛ばされるために攫われ、最後はデッドボアに殺される。そんな最悪な最期を迎えた少女を思えば胸が痛くなる。

「イムが受け継ぎ、生きていくのだな」

「ぷる……そうかも」

コブロはそう言い、イムは頷《うなず》く。いろいろ複雑な思いはあれど、イムが人を襲ったのでないならよかった。ウィルはそう思った。

「他のものにも、へんしんできるの？」

「ぷる！　もちろんなのだ。えいっ！」

そう言ってイムはジャンプする。すると一気に人型が崩れて大きなパンに変身する。

「ぷるる。ウァードックが焼いたパンなのだ！」

「うーん。とても、おいしそう」

「確かに美味《うま》そうだ」

イムの変身したパンは非常に美味《おい》しそうだった。ウィルもコブロも納得の精密さだ。

今にもかぶりつきたいほどフワフワもちもちが伝わってくる。触ればさすがに違うとわかるが、視覚だけで暴くのは困難だろう。

「ぷるん。でも、あまり大きいと難しい。この姿までだなー」

そう言って人型に戻るイム。

五歳の少女の姿以上は難しいようで、例えばドラゴンに変身して脅すというのは無理そうだ。

「なるほど。とても凄い」

「えっへん。イムな、ごしゅじんとお話できて嬉《うれ》しい！」

「いつもプルプル震えるだけだったな」

「ぷる！」

進化前のイムは喋《しゃべ》ることができず、いつもプルプルと震えることで感情を伝えていた。

だが今は言葉で伝えられる。それがとても嬉しいようで、プルプル震えながら笑っていた。

「それにな、ごしゅじんと同じ髪色と目。これとても気に入ってる」

「そういえばそうだな。綺麗な色だ」

その言葉でよく見れば、髪色と瞳の色がウィルと同じだ。綺麗な白と、宝石のような赤。顔は似ていないが、色はよく似ていた。

「偶然、ではないか。色も変えられるのか？」

「ぷる！　そんな感じ」

「とても凄い」

「えっへん」

姿だけでなく色まで自由自在とは素晴らしいことだ。スライムは進化するとそこまでできるのかと、ウィルは何度目かわからない驚きを見せる。

「よーし。ししょーに見せに行こう！」

「ぷる」

「うむ。いいな」

ウィルの目から見る限り問題はないが、やはりプロであるシルクの目で見てもらいたい。

何かあれば一大事であると、そう考えたウィルは、イムとコブロを引き連れて部屋を出た。

シルクを探して屋敷を歩く。だが百人住める屋敷なのに十人もいないせいで、目的の者を探すのは一苦労だ。それでもウィルは幸運なことに人影を見つける。

しかし最初に見つけたのはシルクではなく、副団長であった。

それも玄関で頭を抱えてうなだれている副団長だ。

「うぅー。どうすれば、どうすればいいのか。とにかくシャルノアは抑えて……」

そうブツブツ独り言を言いながら、頭を抱えて歩き回る。普段見ることのないちょっとした異常事態に、ウィルの足は止まっていた。

「……ふくだんちょー。どうしたの?」

「ん? ウィル君ですか……」

シルクを探すのを中断して副団長に話しかける。それほどに副団長はやつれていた。

どんよりした目でウィル、そしてコブロとイムを見る。

「お友達ですか?」

特にイムを見ながら言った。

「ちがうよ。イムとコブロ!」

「ああ。コブロだ」

「イムだよー!」

「……そうですか。それはいいですね」

そう訂正しても、副団長は驚くことなく軽く流した。イム達の挨拶にも無反応だ。やはり大変な状態のよう。

「どうしたの？　だいじょうぶ？」

「……王国騎士団と人攫いの調査をしていたのですよ」

「それはえらい」

副団長は巨悪を倒そうと頑張っていたのだろう。まさに英雄だとウィルは拍手をする。

「でもあのクソボケ共……と失礼。アホ共はロクな調査もせずに打ち切ると言い出しました」

「そ、そっか」

訂正してもまるで変わらぬ蔑称。だが副団長はそれに気づかない。

怒りに打ち震えながら、叫ぶのは王国騎士団に対する愚痴だ。

「平民がどうなろうと、どうでもいい。そんな奴らですよ」

「それはだめな人たち」

「うむ。とんでもないな」

「そうです。結局シャルノアの言う通り、私達がやるしかないのです！　しかしアホ共はこの件に手出し無用と宣《のたま》い、放置する決断をしました」

ゴミの掃き溜めと噂の王国騎士団は評判通りロクでもないらしい。平民などどうでもいいのか。あるいは圧力がかかっているのか。それはわからぬが、真実は大抵下らないだろう。

「バス公爵様にも言われましたよ。もう大丈夫だと。《激獣傭兵団《げきじゅうようへいだん》》が当たるほどの事件ではなく、市民の自警団にでも任せておけと」

「それはだめじゃない？」

「ぷる！」

「ええ。シャルノアの報告が正しければ、国が動かねばならぬ事態です」

だが王国騎士団、ひいては国の上層部も動かぬ決断をしたらしい。

「ぼくたちがやるのはだめなの？」

「俺も強くなった。シャルノアなどやる気十分だろう」

「それは、上層部の幾名かに止められています。要人であり、敵対すると面倒くさい人達ばかりです」

そんな人達が止めにくるということは、この件の根深さ、闇の深さは想像を絶するだろう。

人攫いの一団が国の中枢とも取引をして、味方を作っているのは間違いない。

魔物だけではなく、自国の民をこっそり奴隷としている可能性すらあった。

「全ては六年前から始まってるのですよ。帝国との戦争で有能な人間が全員死んで、残ってるのは己の利益しか考えないゴミだけです」

副団長はそう呟く。普段ウィルに向かってそんなこと言わない副団長が、珍しく悪口を並べていた。

それにウィルは驚くと共に、不安げに副団長を見る。

「だがそんな国を守る価値はあるのか？《激獣傭兵団《げきじゅうようへいだん》》であれば、他国に行っても仕事はあるだろ」

数ある傭兵団の中でも世界最強の《激獣傭兵団《げきじゅうようへいだん》》であれば、まず仕事に困らない。引く手数多《あまた》だろう。話に聞く限り、この国では仕事をする価値もない。

「六年前、全てをなくして泣いていた民を見て団長が決断しました。この国を守ると。だから私はそれを応援するために、駆け回るのです」

コブロの言葉に、副団長はそう心の内を明かした。

団長の願いのためにこの国と契約し、雇われた故に、雇い主との関係を良好に保つようにするのが副団長の仕事だ。

だが今回のことで上層部との関係が拗《こじ》れると、非常に面倒くさいことになるだろう。契約破棄となれば、《激獣傭兵団《げきじゅうようへいだん》》は無職の武力集団だ。

それを避けるために副団長はストレスで胃を痛めながら頑張っているのだ。

「でもそれってさ、ほんまつ？てんどん？だよね」

しかしそんな副団長に、ウィルは首を傾《かし》げる。

「本末転倒だな」

「それ！　民、まもれてないよ？」

「っ……！」

そんなウィルの言葉に、副団長は目を見開いて顔を上げた。

その目は、なぜ気づかなかったのかと驚愕《きょうがく》に震えている。あまりに当たり前のことを、副団長は見逃していた。ウィルに指摘されるまで考えもしないほどに。

「ほんとに、それでいいの？」

「は、はは……。確かにそうですね。民を守るためにこの国と契約しているのに、いつの間にか契約の方を優先していた。私達の本来の目的は民を守ること。人攫いに怯《おび》える民を守らないといけないのに」

「ぷる。ごしゅじん、いいこと言う！」

急に副団長の顔色が良くなった。全ての悩みから解放されたかのように晴れ晴れとした笑顔で、ウィルの頭を撫《な》でてくれる。

「団長に報告です。国の上層部など知ったこっちゃありません。全ての悪事を暴いて、白日の下《もと》に晒《さら》してやるのです！　覚悟しろよあいつらー!!」

副団長はそう叫んで走り出した。


副団長に溜まっているストレスは凄《すさ》まじい。それはアホしかいない団員と、クソボケな国家上層部の間に入っているからだろう。

様々なことに板挟みになる副団長のストレスは、限界まで溜まりに溜まっていた。

そんな中で爆発したのが今日だ。ウィルの言葉で覚醒した副団長に躊躇《ちゅうちょ》などない。

「はい集合！　ってこれだけですか？」

屋敷に残っていた全員を集めて、副団長は手を叩《たた》きながら叫ぶ。

「何や副団長。人攫いの件はどないなったん？」

「あたし！　あたしがやるっすー！」

「今夜の献立考えるのに忙しいんだが？」

集まったのは団長、シャルノア、ウァードックだけだ。シルクとベゴニアの姿はなかった。

しかもウァードックからはやる気を感じられない。

「……残りの二人は？」

「ベゴニアはカジノ。シルクは甘味巡りっす」

「まったく。この非常事態に何をやっているのでしょうね」

二人共仕事がなければ趣味を堪能する自由人だ。特にベゴニアは暇さえあればギャンブルの駄目人間。戦闘となれば頼りになるが、それ以外ではクソの役にも立たない奴なので、仕方ないだろう。

「まあいいです。いいですか？　私達で、人攫いを壊滅させます」

「何や急やな。どしたん？」

あまりの剣幕。あまりの怒り。普段の副団長と違うことが多すぎて、みんな引き気味だ。

それに気づくことなく、副団長は説明する。

「――という感じです」

「なるほど。肩が多いっちゅう話やな」

「まあ端的に言えばそうですね」

人攫いという屑。王国騎士という屑。王国上層部という屑。そんな登場人物しかいない物語だ。

だがその話を聞いて俄然《がぜん》やる気になるのはシャルノアだった。

「やっぱ騎士は駄目っすよ。あたしに任せるっす」

「どんな巨悪が潜んでいるかわかりません。連係して動きましょう」

「ワイが突撃して全部蹴散らせば終《しま》いやで」

「そりゃあその通りだけどよ。簡単すぎるぜ」

四人とも好き勝手言い始める。だが人攫いを許さないという気持ちは同じだ。

シャルノアは単純に悪い奴をボコボコにしたいから。副団長は悪を倒し、王国の膿《うみ》を出すために。団長は民を守るため。ヴァードックは興味本位。それぞれ思惑はあれど、最強の傭兵団が動き出しては人攫いも終わりだ。

「まあ簡単っすよ。バス公爵を襲撃して、人攫いの拠点を全部聞き出すっす。それを順番に潰せば終わりっすね」

「ナイスアイデアですね。あのクソ公爵……失礼、豚公爵を捕まえてブヒブヒ鳴かせてやりましょう」

「副団長……疲れてないか？」

いろいろなものの板挟みにあった末、ついに壊れた副団長をヴァードックは気遣う。晩飯は元気の出る物を用意しようと誓いながら、唯一冷静な意見を出した。

「まあ腐っても公爵家だ。ちゃんと根回しとか、計画は立てた方がいいと思うぜ」

「その通りやな。人攫いを倒せても、面倒くさいことになったら嫌やし」

「計画は私に任せてください。あいつらを破滅させるために、完璧な作戦を立案してみせます！」

そうやって燃える《激獣傭兵団《げきじゅうようへいだん》》の面々。彼らが動き始めた以上、人攫いが安寧を得ることはないだろう。

「みんな、やる気だね」

「ぷる！」

「……ぼくはおしごと、しよっかな」

これならばもう安心だろう。後のことは頼りになる大人に任せて、ウィルは自分の仕事を終わらせることにした。

これ以上シャルノアに巻き込まれるのは堪《たま》ったものではない、というのもある。

「俺も手伝おう。今日は仕事が多そうだ」

「ほんと？　でも進化したばかりだよね？」

「問題ない。体が鈍《なま》っていたところだ」

大人達がいかにスムーズに公爵を捕縛するかの計画を練っている以上、彼らの分の仕事までやるべきだろう。

それをウィルだけにやらせるわけにはいかず、進化したばかりの眷属達も訓練を休んでお手伝いだ。

「ぷる！　頑張るぞ！」

「ああ。すぐに終わらせよう」

「おー！」

忙しい大人達に代わって、子供組はそのサポートを決意。早速とばかりに、彼らは動き出した。

だが部屋を出る前に、ウィルだけは一瞬立ち止まり、振り返る。

「……もう、だいじょうぶだよね？」

みんなが凄いことをウィルは知っている。副団長までやる気になって、駄目なことなど何もあるまい。だがなぜか足が止まり、みんなを見てしまう。

「ぷる？」

「……なんでもない。行こっかイム」

心の奥に感じた嫌な予感。どこか胸を騒がすそれを無視して、ウィルは仕事へと戻っていった。


ヌーデリア王国で最も嫌われている男。それこそがベルラント・バス公爵であろう。

全てを見下すかのような醜悪な顔。贅《ぜい》の限りを尽くした結果の腹。ヌーデリア王国にて悪徳貴族筆頭と名高いバス公爵は、腹を揺らしながら叫んでいた。

「なにっ？　暫《しばら》く魔物も奴隷もないだと？」

「ええ公爵閣下。ちょっといろいろありましてね。それは知っての通りかと思いますが」

そんなバス公爵にペコペコと頭を下げるのは、人攫いのまとめ役ルーデルクだ。

こんな奴に頭を下げるなど屈辱でしかないが、王国においてトップクラスの要人。機嫌を損ねれば物理的に首が飛ぶ故に、その腰はどこまでも低かった。

「ふんっ《激獣傭兵団《げきじゅうようへいだん》》だろう？　お前達に言われた通り、ちゃんと釘《くぎ》を刺しておいたぞ」

《激獣傭兵団《げきじゅうようへいだん》》によって、人攫いの拠点の一つが壊滅したのは市井《しせい》に広まる事実だ。

バス公爵の権力によって様々な事実を消しはしたが、それだけは広まってしまった。

しかし王国騎士には金を渡し、《激獣傭兵団《げきじゅうようへいだん》》には権力を振りかざして釘を刺した。憂いなどないはずだ。

「ボスが《激獣傭兵団《げきじゆうようへいだん》》を潰すと言い始めましてね。その準備でこっちも忙しいんですよ」

「あれをか？　それは素晴らしいことではないか」

王国を守護する者達を潰す。そう言われても、バス公爵にあるのは歓喜だけだ。

「あの態度のデカい平民共は死ぬべきなのだ。私を馬鹿にし、のうのうと生きているなど許されることではない」

「へへ。そうでしょう、そうでしょう」

と言いつつ、こいつは本物の馬鹿だなとルーデルクは笑顔の下で罵倒する。

《激獣傭兵団《げきじゆうようへいだん》》を潰せば、意気揚々と帝国が攻めてくるだろう。聖竜国とて黙っていない。

小国であるヌーデリア王国は、《激獣傭兵団《げきじゆうようへいだん》》の守護があって存続しているという事実を理解できず、ただの態度がデカい平民としか思っていない。何とも愚かな豚公爵であることだ。

「まあそれで、暫く魔物とかないんですよ」

「そうか。しかしだな、今度魔物を戦わせるショーを行うのだよ。デッドボアが駄目になった以上、同等の魔物が必要だ」

「へへ。そうですか」

と言いながらも、そんな下らないことに大金を使うことに苛立《いらだ》ちを覚えた。

王国の貴族がこんなのばかりだから、貧民街は未だボロボロ。王都以外も復興は進んでいない。

他にやるべきこと、金を使うべきことはあるはずなのに、己の快楽のために貴族は生きていた。

ノブレス・オブリージュなど所詮は絵物語でしかないのだと心の中で憤怒《ふんぬ》する。

「とはいえちょっと今厳しいんですよ。何人か聖竜国に送る予定だった奴隷が余ってますので、そちらで勘弁してください」

「ふむ……まあ奴隷同士を戦わせるのも面白いか。それはどんな奴だ？」

「貧民街で暮らしていた貧しい親子です」

「ほお。それは面白いショーになるかもしれないな！」

貧民街の者を、同じ人間だと思わない屑。バス公爵にとって彼らは魔物と変わらないのだろう。

だがその親子を攫い、売り飛ばそうとするルーデルクも同じ屑に他ならない。

「じゃあそのように頼むぞ。《激獣《げきじゅう》》が滅びることを願っている」

そう上機嫌で帰って行くバス公爵。見えなくなったところで舌打ちしながら、ルーデルクもまた忙しそうに動く。ボスの命令を果たすために、立ち止まってはいられないのだ。

「……まったく。あんな野郎さっさとくたばればいいのに」

だがついつい愚痴を吐いてしまうぐらいには、バス公爵に嫌悪感を抱いていた。

そんなバス公爵に奴隷を流しているのはルーデルク自身だが、全てを棚に上げて罵倒する。

故にその気配に気づかなかった。

「――なんだ、威勢がいいな」

背後から突如として聞こえてきた声により、ルーデルクは心臓が飛び出るかと思った。

「だれだっ！　……ボス？」

もしバス公爵であったら即刻打ち首だが、そこにいたのは竜の仮面を身につけた男、ルーデルク達のボスだ。

ルーデルクは安堵《あんど》し、ボスはそんな彼に諭すように言った。

「あんな屑でも権力がある。人攫いを続けていく上で、重要な屑だ」

「それはわかってますよ」

わかっているからペコペコ頭を下げ、その要望を叶えようとしているのだ。

「攫った者を我が国に流しても文句一つ言わない。まさにありがたい愚か者だ」

「そうですね」

本来自国の民を他国に売り飛ばすなどあってはならないことだ。貴族であれば全力で止めること、それこそが責務。だがバス公爵にはそんな想《おも》いはない。あるのは己の欲を満たす醜い心のみ。

だがそれも全て、六年前の戦争の結果だ。

「……ボスは、聖竜国の人間なんですか？」

「むっ？　それを聞くのか？」

我が国と言ったボスに、思わず聞いてしまうルーデルク。しまったと思ったが、時すでに遅かった。

「あ、いや。何でもないです」

「そうだとも。まあ、隠していたわけではない」

処罰されるかと思ったが、ボスは特に何ともなしにそう言った。

そもそも、攫った人間は王国の貴族用以外、全て聖竜国行き。突如として現れ、竜の仮面を身につける。その恐ろしい強さ。

状況証拠だけで察せることであり、隠せるなどとボスも思っていない。

「全ては六年前に始まった因縁だ。ヌーデリア王国など興味はなく、俺の目的は《激獣傭兵団《げきじゆうようへいだん》》ただ一つ。それを潰すためだけに、今俺はこんなことをしている」

「それは、凄いっすね」

復讐の鬼とでも言おうか。確かに六年前、聖竜国と《激獣傭兵団《げきじゆうようへいだん》》が戦った話は有名だ。

聖竜国が敗北したことも。

その敗北の結果、ボスはこんなことをしているのだろう。詳しいことを聞く気にはなれないが、その結果《激獣傭兵団《げきじゆうようへいだん》》と戦うことになるのは、嬉しいことではない。

「自国の民を売っているのだ。お前にも、良心はあるか?」

「……ないですよ。どうでもいい。こうやって人を売って、豪遊することが幸せです」

一応そう聞いてみるが、ルーデルクはきっぱりと言い切り、ボスは仮面の下で薄く笑う。

間違いなくルーデルクも屑だ。その結論に至った道がどうであれ、バス公爵となんら変わらない。

「すでに準備は進めた……。計画も立てた。行くぞ」

「はい……」

ボスにとって、ルーデルクがどんな屑であってもかまいやしない。

駒に善悪など、求めていないのだから。

副団長達《たち》がバス公爵襲撃計画を立て始めて三日が経過したある日。屋敷の一室。多くの本が置かれた書庫に、ウィルはいた。

その手の中で開かれているのは図鑑であり、それとコブロ達を交互に見比べる。

「うーん。ゴブリンランサー、かな？」

「なるほど。槍《やり》を振り続けたからか」

ウィル達が行っているのは、進化先のチェックだった。家事をする中で立ち寄った書庫にあった魔物図鑑。それを見て、一応チェックしておくかというのが今だ。

シルクにちゃんと進化してると太鼓判を押してもらったが、どう進化したかは知りたいもの。

そんな思いで図鑑を見た結果、今のコブロと近いのがそれだった。進化先としては非常に珍しく、槍を振り続けたゴブリンがたどり着く等級Ｄの魔物だという。

「うーん。イムは……わからない」

「そうかー。残念、だな」

そしてもう一体、イムの進化先を調べるが、こちらはよくわからない。そもそもスライム族は進化しても見た目が大して変わらないのである。

イムの能力を持つスライムは載っておらず、外見も参考にならない以上何に進化したか不明だ。

等級Dのカメレオンスライムが近いが、イムほど精巧に化けることはできないらしい。

召喚する時にウィルの魔力を大量に要求したのもそうだが、やはりイムは不思議だ。

「んー。まあいっか」

「だな。そもそも魔物図鑑を見にきたのではない」

「ぷる！　れしぴの本！」

そう言ってイムは、料理のレシピ本を掲げる。本来の目的はウァードックに代わって、夕飯を作ることである。

明日にもバス公爵を捕縛、人攫《ひとさら》いの拠点を聞き出してそのまま一網打尽にしてしまおうという彼らのために、夕食のお手伝いをしようと思ったのが発端だ。

「ぼくは戦いじゃやくにたたない。だから、おりょうりがんばろう」

「ぷるー」

「切るのはまかせろ」

そう本来の目的を思い出したウィル達は、魔物図鑑を置いて厨房《ちゅうぼう》へと走った。


やるべきことはメインディッシュを作ることである。包丁を使う工程は、刃物の扱いに慣れているコブロ。火を使う工程は燃やされても無傷のスライム、イムの出番だ。

「こんな感じか？」

「ん、たぶん！」

まずはコブロの包丁捌《さば》きで野菜を切っていく。毎日槍を振っていると包丁の扱いまで上手《うま》くなっていくらしい。あるいはコブロが天才なのか。

今日の晩ご飯はカレーであり、人参《にんじん》や玉ねぎ、肉をコブロは素早く切っていった。

「はい」

「うむ」

ウィルが野菜を洗い、コブロが切る。まさに阿吽《あうん》の呼吸であろう。

その横で作業するのがイムだ。

「ぷるる。美味《おい》しそう」

「つまみ食いはだめだよ？」

「ぷる～」

スパイスを炒《いた》めていくイム。ただのスパイスにすら涎《よだれ》を垂らし、隙あらばつまみ食いしてしまう油断ならないスライムだ。しかし油が跳ねても気にしないイムは炒めるのに適任。

ウィルはちゃんと見張ることで、イムの作業に不正がないようにした。

「料理とは大変だな」

「うん。ウァードックは凄《すご》いよね」

毎食みんなの分の食事を用意するだけでなく、シルクの眷属《けんぞく》リルなど、魔物用の食事も用意する傭《よう》兵団《へいだん》になくてはならない人材だ。

シャルノア以外みんな尊敬しているウィルだが、特にウァードックに対する尊敬は強い。

毎日料理を手伝っているからこそ、その凄さがわかるのだ。

「んー、あれ？　ハチミツがない？」

話しながら戸棚をゴソゴソ探していれば、ふと隠し味に使うはずのハチミツがないことに気づく。

「む、それは問題だな」

「イム、甘いの好きなのに」

ウァードックに、隠し味にハチミツを入れると美味《うま》いと習った以上、やはり入れるべきだろう。

イムのみならず、シルクもハチミツ入りがお気に入りなのだ。

「スパイスも少ないしね……ちょっと買ってくる」

「ぷる。でも、そろそろ暗くなるぞ？」

「すぐ近くだから、だいじょうぶだよ」

スパイスなどは輸入品も多いため、貴族街にある店に行くことになる。

そこならば近くだし、治安も良いので問題はないだろう。暗くなると言えど、ひとっ走りすれば日が沈むまでに戻ってこられる距離だ。

「二人はカレー見てて。すぐ買ってくるから」

「ああ。気をつけろよ。何かあればすぐに俺達を呼べ」

「うん。ありがとう」

日が沈む前に帰らねばならないので、言葉もそこそこにウィルは走り出す。

すぐそこだから大丈夫だろうと、大人達に行き先を告げることもなかった。

貴族街は非常に綺麗《きれい》で治安も良い。それは貧民街の方では、一人も見なかった騎士が大量に巡回しているからだろう。

だが素晴らしい景色に見えるこれも、甘受できるのは貴族だけ。平民達。特に貧民街の者は未《いま》だ戦争の傷跡から立ち直っていなかった。それを知ってからは変わって見える景色である。

「とっ。こっち、だっけな」

キョロキョロと見回しながら歩く。何度かウァードックに連れて来てもらったが、小さなウィルにとってはその道程も大変なものだ。

見覚えのある建物を目印に、駆け足で進む。

頑張って記憶を頼りに歩くが、不思議なことに、人通りが徐々に減っていった。

今向かっているのは大通りであり、普通であれば人通りが増えるはずだ。

それを不思議に思いながらも、もう暗くなるからかと納得する。

「ハチミツとスパイス……だよね」

そして買う物を呟《つぶや》きながら走った。

「ハチミツ、スパイス。今日はカレー。おいしいぞ～」

心細さをごまかすためか、そんな自作の歌を歌いながら店までの道を進む。

だがやはりおかしい。これほどに人がいないことなどあるか。さすがのウィルも足を止めた。

「……ん。へんな感じ」

人の気配がなくなり、ポツポツと数人のみになる。それすらもふと目を離した瞬間に消え去った。

周囲の店を見れば明かりは点《つ》いているのに、なぜか店員がいない。

まるで異世界に迷い込んだようとしか、表現できない状態だ。

「だれかいませんか？」

そう呟いてみる。だが人の声がしない。

普段は人で賑《にぎ》わっているはずの大通りに、人っ子一人いなかった。それは明らかなる異常事態。

理解不能な事態に、屋敷へ引き返すべきかと振り返る。

「……あれ？　こんなけしきだったっけ？」

その言葉通り、景色がおかしい。まるで同じ通りが永遠に続いているようで、ウィルはゾッとする。

だが泣くことはなかった。これ以上に怖いことなどいくらでも経験してきたのだから。

「レストラン……入ってみようかな」

取りあえず人に会うことが重要だろう。この高級そうなレストランであれば、一人ぐらい誰かいるはずだ。そう希望を持って、小さな体で扉を開ける。

「あ、いない」

だが誰もいなかった。ガランとした店内は、人だけが消えたような状態だ。

明かりは点いているし、湯気が立った料理もある。だが人だけがいない。店員も客も、ある瞬間からどこかへ消えてしまったよう。

不思議に思いながら、ウィルはテーブルに置かれていたスープに近づいていく。

「……このスープ、ほんもの？」

そして気づく違和感。スープだと思っていたものは、見た目こそそっくりだが何かが違う。イムが化けたときに近い状況とでも言えばいいか。触ってみればその違和感はより顕著《けんちょ》だ。

「ねんどみたい……」

スープは液体ではなかった。まるで粘土を捏《こ》ねて、見た目だけスープに似せた模造品。

そんなスープをじっと見て、ウィルはレストランの奥を見る。

「これは、あなた？」

虚空に向かってウィルは言った。

そこには何もないが、ウィルは確信するように一点を見つめる。数秒は沈黙が続いただろうか。時が経《た》てば、それに呼応するように空気がうごめいた。

「……魔法は、奥が深い」

「っ——！」

背後から聞こえてきた声に、ウィルは慌てて振り向き構える。

「いや、その源。魔力こそが無限の可能性を秘めた力だ」

そう言ったのは、竜の仮面を身につけた男だった。ローブで身を包み、その体を見せることはない。

だが恐ろしいほどの魔力を放ち、ウィルを震え上がらせる覇気を放つ。間違いなく、強者だ。

「お前も魔法使いだろう？　見ればわかる」

「うん……」

「どんな魔法を使うかは知らぬが、未来ある魔法使いの芽を摘《つ》まねばならぬのは残念だ」

その言葉で、ウィルはいつでも逃げられる体勢を取った。だがどこを探しても隙がない。

「あなたは……だれ？」

「《激獣《げきじゅう》》を滅ぼす者」

端的であり、的確な言葉だ。

つまり敵。ウィルに、みんなに害をなす敵だ。

「ぼくをどうするつもり？」

「……殺す」

「っ――」

その言葉と共に、ウィルは一気に走り出す。扉の前には男がいる。であれば窓を開けて脱出するしかないだろう。

ウィルは一番近くの窓に走り、瞬時に開けて外に出る。

そのまま通りを走って屋敷に戻ることがゴールだ。しかし――。

「――えっ？」

レストランの外には、またレストランが広がっていた。

そこには変わらず男がいて、じっとウィルを見つめている。

「だから言っただろう。魔法は奥が深い」

「これは……まほー」

先ほどの誰もいない大通りも魔法なのだろう。こんなことができる魔法は、確か習ったはずだ。ウィルの尊敬する副団長も使い手である、特殊魔法が一つ。

「くうかん、まほー……」

「よく知っているな。空間魔法は非常に珍しい適性のはずだが？」

「ふくだんちょーと同じ」

「くっくっく。ああ、確かにそうだ。《軍師《ぐんし》》は空間魔法だったか」

空間を操り、空間を支配する。ウィルの召喚魔法と同じく超希少適性の一つだ。

この捻《ね》じくれた空間も、男の魔法なのだろう。であれば脱出は不可能。

専用の対策をしなければ、最も相手するのが難しい魔法こそが空間魔法だ。

「この空間は俺が支配した。俺の許可なくして立ち入りも脱出も不可能だ」

「ぼくを……殺すの？」

「それは今ではない。大人しく、ついてきてもらうぞ」

男はゆっくり歩いてきた。背後の窓から逃げることも考えたが、どうせまたレストランに戻ってくるだろう。この空間は、男の支配下にあるのだから。

「《激獣《げきじゅう》》を滅ぼすための餌。それがお前だ——」

その言葉と共に、男の姿がかき消える。そしてウィルの意識もまた、闇に落ちた。

闇の中に意識があった。突如として刈り取られた意識の中で、これは駄目だと、それだけはわかる。今、間違いなく窮地《きゅうち》だ。ウィルだけじゃない。《激獣傭兵団《げきじゅうようへいだん》》も、敵の脅威に晒《さら》されているのだろう。

「あ、う……」

故に起きねばならない。起きて、みんなに知らせる。そうしなければ大変なことになるだろう。ウィルは懸命にもがいた。闇に落ちた意識を拾い上げるように、強く覚醒を働きかける。

「っ、ぐ。……こ、こ、は？」

そして目覚め、ウィルは冷たく固い石の感触を味わっていた。手を後ろで縛られ、寝かされているらしい。ならばここはどこなのか。

「起きたか」

「っ――！」

突如聞こえるその声の方を向く。そこにいるのは、やはり先ほどの男だ。

「ここ、どこ？」

「俺達の本拠地。その地下牢《ちかろう》だ」

「そ、っか」

周囲を見回せば、窓など一切ない石造りの壁がある。唯一の入り口は鉄でできた扉であり、そこを塞ぐように男は立っていた。

周囲の確認が終われば、じっと男を見つめる。その仮面の奥に見える暗い瞳を見ながら、ウィルは問いかけた。

「……あなたは、人さらい？」

「ほお……よくわかったな。そうだとも」

当てずっぽうであったが、正解したらしい。何も嬉《うれ》しくない正解だ。

「《激獣傭兵団《げきじゅうようへいだん》》への復讐《ふくしゅう》。そのために俺は生きている。全てはその前座にすぎない」

そう言う男の雰囲気は暗い。顔も体も隠されているが、燃え上がるような復讐心はひしひしと感じる。そのどこまでも暗い感情に、ウィルの心まで侵蝕《しんしょく》されるようだった。

「ぼくたちが目的なら、人なんてさらわなくてよかったでしょ！」

「……ん。そうか？　そうかもな」

間違いなくそうだろう。王国の罪なき人を攫って売り飛ばす。それと《激獣傭兵団《げきじゅうようへいだん》》への復讐に何の関係があるのか。

復讐したいのであれば、正々堂々《激獣傭兵団《げきじゅうようへいだん》》だけに向かうべきだ。

「何でだったかな。ふむ……そうだ！　そうしないと国の爺共《じじい》が許可しなかったからか」

「どういう、意味？」

「別に。大した話じゃない。《激獣傭兵団《げきじゅうようへいだん》》に手を出すことを国は許可してくれなかった。だから手土産が必要だったんだ。王国の民を攫い、奴隷として格安で売る。そうすればあの馬鹿共は簡単に許可を出してくれた」

「えっ？　意味が、わからない」

男はウィルが子供だからか、親切丁寧に説明してくれているのだろう。だがその言葉の意味がよくわからない。

ただ《激獣傭兵団《げきじゅうようへいだん》》と戦う許可が欲しいがために、人を攫っていたというのか。

「俺は立場がある。宿敵であるとはいえ、そう簡単に《激獣《げきじゅう》》に手を出せないんだよ」

「それだけ？」

「うん？」

「たったそれだけで、人をさらってたの？」

あまりに馬鹿げた話だ。そのためだけに、どれだけの人が、いくつもの家族が不当に奴隷とされ、異国の地で地獄の日々を送ることになったのか。

関係ない人まで巻き込んで、ただ復讐の許可を得るためだけに。

「……ふむ。そうだな、聖騎士を知っているか？」

だが男はウィルが理解できないことが不思議なようで、少し考えそう問いかける。

「なに言ってるの？　知らないよ」

「我が聖竜国の盾であり矛。この国の騎士と同じさ。俺はその長なんだ」

「いちばん、えらい人？」

「ああ。そうだ」

つまりこの国で言うところの騎士団長ということか。ならば偉いどころの話ではなく、国の要人と言えるだろう。

「そんな立場の者が《激獣《げきじゅう》》を討伐しようなどと言えば、無論止められる。俺の行動は聖竜国の行動だからな」

立場があれば簡単には動けない。個人的な復讐のために、世界最強と呼ばれし傭兵団に喧嘩《けんか》を売るなどできないのだ。それは男個人の判断ではなく、聖竜国の判断ということになるから。

「つまりそういうことだ。それを説得するために、あの爺共にも利益を与えねばならない。まあ自《おの》ずと奴隷でも与えてご機嫌を取ることになる。わかるだろう？」

「わからないよ」

人を攫うようになった理由は理解した。しかしなぜそんな発想が出てくるのかわからない。普通考えもしないだろう。近くにいた適当な人を奴隷として、売り飛ばすなど。

ウィルはわからない。だが誰も、わからないはずだ。その目に理性を灯《とも》していない男の言葉なんて。

「ふむ。それが一般的な感覚なのか？　うん……まあ、どうでもいいか」

「えっ？」

「全ては六年前に始まったことだ。あの日からもう、復讐以外の全てがどうでもいいんだ」

男はウィルではないどこか遠くを見るように言う。

それは二度と手に入らないものを憂えているかのようだった。

「聖竜国と獣王国の戦争。あの日《激獣《げきじゅう》》に殺された大切な人の無念を晴らすことだけが、俺の生きる全てだ」

「…………」

ウィルはじっと、男を見つめた。復讐に生き、復讐が全てである人生は理解できない。

そのためならどんな非道なことすらできる精神も、理解できない。だが理解できないからこそ、目を逸《そ》らすことはなかった。

「爺共への土産を作りながら、じっと機を待っていた。そしてようやく見つけた。それがお前だ」

男は嬉しげな雰囲気のまま、ウィルへと近づく。

「見習いとして加入したガキ。何の力もなく、矮小《わいしょう》な存在。人質として奴《やつ》らを一網打尽にするのにもってこいだ」

「ぼくは、言うことなんか聞かないぞ！」

「ああ。別にいいさ。そうだな。まずお前の耳を切って送ろう。そうすれば奴らは怒りと恐怖に震える。しかし俺の言うことを聞かざるを得ないだろう」

「っ……」

ウィルの言葉なんか必要なかった。その存在と肉体があれば、男はいかようにもできるのだから。

そうしてウィルの目の前まで歩み、しゃがんでその顔を覗《のぞ》き込む。

「さて、どうしてやろうか。世の中には回復魔法という便利なものもある。いくらでも傷つくことができるぞ」

それは脅しではないだろう。どれだけ壊しても、また治せばいくらでも人質として使える。永遠の苦しみを与えることになれば、《激獣傭兵団《げきじゅうようへいだん》》とて要求を呑《の》まざる得ない。

それはとても怖いことだ。恐怖がウィルを支配する。しかしウィルは、折れなかった。

「ぼくは泣かない」

「ほう……」

「あなたの言うことも、聞かない！」

男を見つめて言い放つ。五歳の子供が言うに似つかわしくない言葉だが、それは男の手を確かに止めた。

「……ふんっ。現状も理解できぬほどガキか」

その幼く勇猛な瞳を見つめ、男は踵《きびす》を返す。

そして馬鹿にしたように言い捨てて、ウィルに背を向けた。

「理解できるまで震えていろ。この世に希望など、ないと知れ」

鈍い音を立てて、鉄格子の扉が閉まる。扉から漏れる淡い光のみの世界で、ウィルは一人になった。

「……っ。泣かない」

完全に男が消えたところで、ウィルは堪《こら》えてなおそう言う。最後までウィルは泣かなかった。

真っ暗な地下牢に捕らわれて、手を縛られて転がされても、ウィルはぐっと堪えて扉を睨《にら》む。

怖いことなど何もない。あるいは一つだけ言うのなら——。

「みんなに、めいわく、かけたな」

そう、仲間のことを一番に心配する。傭兵団のみんなに危険が迫ることだけが、何よりも怖かった。

何も持たないウィルを助けて、見習いとして置いてくれた人達。

信じられないくらい優しくて大切な仲間に、迷惑をかけることは何よりの恐怖だ。

「んー！　脱出する！」

故にウィルは決意する。みんなに迷惑をかけないために、一人で脱出することを。

そうしなければ、人質として多大な迷惑をかけることになるだろう。そんなのは許されないと、ウィルは決意して動き出した。

「んーと。そうだ、イムとコブロ、呼ぶ」

ウィル一人だけでは脱出不可能。であれば頼りになる眷属を呼び出すしかない。

召喚魔法は契約した魔物を自由に呼び出し、使役する魔法。

たとえ捕らわれていたって、手を縛られていたって召喚することが可能だ。

「よーし。えっと、『召喚・コブロ・イム』」

どうにか魔力を練り上げて、魔法名を叫ぶ。これで召喚は可能だ――。

「…………あれ？」

――可能なはずだ。

「ん。ぼくが、へたくそだからかな？」

普段から召喚しっぱなしのウィルは、呼び出す魔法が非常に苦手だ。それ故失敗したのかと考えたが、どうにも違うらしい。

何度挑戦しても呼び出せない。何かに邪魔されるように、魔法の行使ができなかった。

「あれ、しんたいきょうか。できてない」

そして己の体を見て気づく。常時発動している身体強化の魔法すらも発動していなかった。

頑張って発動しようとしても、水中で呼吸を試みるような感覚に陥るだけだ。

「なんで……だろ」

ここに来てから、魔法を上手く使えない。つまり今のウィルは力もなく、矮小な五歳児でしかなかった。これでは脱出も不可能で、その事実にウィルは座り込む。

「みんなに、めいわく、かけちゃう」

だが最後まで心配するのは、傭兵団のみんなのことだった。

己に降りかかる危機なんて目もくれず、仲間に迷惑をかけてしまうことだけが心に影を落とす。

「ふくだんちょー、言ってたの。こういうことなのかな」

扉の隙間から差し込む僅かな明かりだけの世界。そんな場所で希望を絶たれたら、暗いことばかりが脳裏をよぎった。

かつて副団長と出会った頃に言われた言葉。

――『故にあなたのような弱点はなるべくいて欲しくないのです』という言葉の意味が今ならわかる。

ウィルは最強の傭兵団の弱点だ。いくつもの国と戦い、恨みを多く買っている《激獣傭兵団《げきじゅうようへいだん》》にとって、ウィルの存在はデメリットにしかならないだろう。

あの優しい人達は、ウィルを決して見捨てないのだから。

「……ごめんなさい」

そう呟いて、ウィルは涙を流した。

大切な人達に多大な迷惑をかけることに心を痛め、真っ暗な空間がそれを増長させる。

「ぼくは……悪い子です」

そう呟いたウィルは、虚空を見上げて泣き続けた。


《激獣傭兵団《げきじゅうようへいだん》》の本拠地となっている屋敷は非常に巨大だ。王都において王城、公爵邸に次ぐほど巨大かもしれない。

そんな巨大な屋敷から、恐ろしいほどの魔力が発せられていた。

「……舐《な》めたことしてくれたやんけ」

普段は温厚で優しい団長から放たれる、怒りの魔力。常人であれば浴びるだけでショック死する魔力が、屋敷中に充満していた。

だがそれは団長だけではない。

「あたしの弟分に何してるんすかね」

「まだ料理の基本も教えられてねえんだけどな」

「ほんとだよ。今度スロットに連れて行こうと思ったのに」

「ウィル君に何を教えるつもりですかベゴニア？」

そう口々に言う団員達。だが例外なく全員怒りの魔力を発している。

真夜中であるというのに、世界最強達の魔力が屋敷を包み、空には厚い雲がかかっていた。

「これが届いた脅迫状ですが……さて、どうしますか？」

全員の怒りが頂点まで行ったところで、副団長は手紙を取り出す。一時間前にポストに入っていた手紙だ。

汚らしい文字で書かれた内容は、『ガキを預かった。返して欲しければ一人で所定の場所にこい』という内容だ。

「相手方は私一人で、今日までに貧民街へ赴くように指示していますね。そこで身の代金とウィル君を引き換えると」

「あまりに時間がなさすぎる。罠《わな》だろ」

「でしょうね」

敵の狙いはわからない。だがほぼ確実に、身の代金目当ての犯行ではないことは確かだ。

手紙が届いた時間と、約束の時間を考えれば身の代金を用意するまでの時間がない。まるで用意しなくても問題ないというように。

その上で、身の代金目当てにしてはあまりに危険すぎた。

世界最強のイカれた傭兵団に喧嘩を売ることと、まるで天秤《てんびん》が釣り合っていない。

身の代金目当てであれば、そこら辺の貴族でも攫った方が百倍安全だ。

「十中八九、私達が目的。どこだと思いますか？」

「恨みは買いすぎててわからん」

「そうっすね。あたしも趣味の犯罪組織潰しで裏社会での懸賞金上がり続けてるっすから」

「お前のせいじゃねえよな？」

傭兵団として様々な戦争に参加したり、犯罪組織を潰したり。恨みを買う相手は数え切れない。

こんなことをしでかす候補などいくらでもいるだろう。

「まあ、ほぼ決まっとるやろ。今の状況考えたらな」

だが団長は溜《た》め息をつきながら言う。

「ですね。人攫い。そしてその背後にいる聖竜国でしょう」

そして副団長は断言した。最近王都で暗躍している人攫いが、最も可能性が高い。

「人攫いって言うか、聖竜国の方だろうな」

「ええ。でしょうね」

この大陸にて三指に入る大国である聖竜国。そこから恨まれている自覚はある。

聖竜国中に顔写真が出回っており、立ち入れば即刻捕まるぐらいには悪い関係だ。

「まあ理由は納得できるで……ワイらはあの国の、神を殺したんやから」

それが恨まれている理由だろう。かつての戦争で、戦場に降り立った聖竜国の象徴、神竜を殺した神殺し。それが《激獣傭兵団《げきじゅうようへいだん》》だ。

神を殺されて黙っている信者などいるはずがなく、恨みに恨まれ今に至るということだ。

「人攫ってるのも、多分ワイらが目当てでやっとるやろな」

「それは間違いないっすね。あの国は神竜様を崇《あが》めて全員頭やばいっすから」

「宗教国家ってめんどくせえな」

復讐のためであれば何だってできるのが彼らだ。質が悪いなんてレベルではない。

だがあの日、完膚なきまでに叩《たた》きのめさなければ団長の祖国は滅んでいただろう。故にやらねばならなかったことだ。

「裏に聖竜国となれば……聖騎士が来てますね」

「やろな。あれとやんのはちょいとしんどいで」

そう団長は面倒くさそうに言った。

「ああ。聖騎士のトップだと団長と……ライネルの野郎ぐらいしか勝てない」

敵はただのチンピラではない。

一つの強国であり、その最高戦力。聖騎士が相手となれば《激獣傭兵団《げきじゅうようへいだん》》とて厳しい。

「もし聖騎士の長が来たとしたら……ワイがやらなあかんか」

そして団長は厳しい顔で言う。

「まあ、その要求通りには動かない方がいいな。副団長一人指定ってことは殺されるだろうし」

「ええ。間違いないです。私はみなさんほど強くないので」

まずは傭兵団の中でも弱い副団長を始末するつもりだろう。

裏方である副団長は戦闘が得意ではなく、それなのに殺されれば大打撃を受ける人物だ。

「んー。例えば、副団長を行かせてあたし達がこっそりついて行くのはどうっすか？　副団長を狙って出てきた敵を一網打尽っす」

副団長をオトリにするという作戦をシャルノアは提案する。

「いや、止《や》めた方がいいでしょう。それは相手もよく確認するはずです。バレた時にウィル君が危険すぎます」

そして副団長は却下した。もし失敗すれば、ウィルは見せしめとして残酷な目にあうだろう。

五歳の少年にそんなリスクを負わせる作戦は取れなかった。

「となると敵の本拠地を見つけて乗り込むしかないが……。イム、コブロ。やっぱり無理か？」

ベゴニアは少し考えて、窓際で外を見ていた二体の眷属に話しかける。

「……ああ。反応がない」

「ぷる……。ごしゅじんとは、繋《つな》がってるはずなのに。何でだ」

「やはりどこかで途切れている。こんなことは初めてだ」

「そうか……」

ウィルが攫われたことで、もちろんのこと眷属に確認した。

主人と眷属は常に繋がっており、離れていても互いの居場所を把握できる。だがなぜかウィルの反応が感じられなかった。どこかでプツっと糸が途切れたように、繋がりをたどれない。

「ウィルから供給される魔力も絶たれた。俺達がこの世界にいられるのも、あと二時間程度だろう」

眷属とは召喚しているだけで魔力を消費する存在だ。少しずつため込んだ分で二時間は存続していられるが、これが消えればコブロ達も一旦異空間へと送還されることとなる。

「くそっ。時間がねえ」

希望を絶たれたことで大きく息を吐き、考える。

「となると、あとは――」

「――戻った」

全員揃《そろ》って頭を抱えていたところで、そんな最後の希望の声が聞こえてきた。

「シルク？　どうだった？」

それはウィルが攫われたことで真っ先に飛び出していったシルクだ。

全身から怒りの魔力を発しながら、溜め息をつく。

「駄目。匂いが途切れた」

悔しげに顔を歪《ゆが》めながら、シルクは言った。

シルクがやっていたのは、眷属のリルに匂いをたどってもらうことだ。恐るべき嗅覚を誇るリルにかかれば、三日前の匂いすらもたどれる。

そのはずなのに、ほんの数時間前に攫われたウィルの匂いをたどれなかった。

「……多分魔法。空間魔法か、結界魔法あたりでたどれないようにしてる」

「そうか。コブロ達の繋がりが途切れているのも、魔法だろうな。強敵だ」

当たり前だろう。一つの国が関わっているなら、そう簡単に済むはずがない。

こうしてまた、希望が絶たれた。

「副団長どうにかならないのか？　空間魔法だろ？」

もう副団長しかいないとばかりに目線を向ける。超希少適性、空間魔法を操る副団長ならどうにかできないのか。

国家間の移動すら一瞬で行える空間魔法の達人。その力があればと希望を目に灯す。

「そこまで万能な魔法じゃありませんよ。私は移動系以外からっきしですし」

だがやはり無理なようだ。そもそも可能ならばここまで悩んでいない。

誰もウィルの居場所を特定できないから悩んでいるのだ。

「こういう時は、いつもあの子に頼ってましたね……」

副団長は溜め息をついて窓の外を見た。

夜の暗闇と、王都の光。すでに日は沈んでおり、今日が終わるまでが相手の指定するタイムリミットだ。それまでに手掛かりを見つけなければ、副団長は行かねばならない。罠だと知っていてもだ。

「時間がなさすぎる。あと一時間程度だぞ」

「当たり前だな。時間なんて与えてくれるわけがねえ」

もう少し時間に余裕があれば、様々な手段を講じられたものを。

例えばバス公爵を捕縛して尋問などで、人攫いのアジトを探るなどもできた。

だが様々な能力を持つ《激獣傭兵団《げきじゅうようへいだん》》に時間を与えれば不利になると奴らはきちんと理解していた。

すぐさま動かないと間に合わない。それが奴らの提示してきた時間だ。

「監視はされてると見ていいな」

「そうやろな。気配のない、魔道具を使った監視なんてされたらワイでも感知できん」

「聖竜国は魔道具の技術高いからな……」

監視されていては動きも制限される。怪しい動きだと判断され、ウィルに危害が及ぶことを考えれば全員で怪しい場所を捜索しに行く手段も取れまい。

「こういう時はニャーコっすよ！　ニャーコがいれば全部解決するっす」

八方塞がりの中、シャルノアはそう叫ぶ。本来、こんなに悩む必要などないのだ。《激獣傭兵団《げきじゅうようへいだん》》には諜報《ちょうほう》担当にして、隠密《おんみつ》に長《た》ける者がいる。

本名をニャルコという猫獣人の少女。彼女がいれば全てが簡単に解決した。

「一体ニャルコはいつ帰ってくるんですか？」

「知らないっすよ。事後処理が終わったらっす」

「まったく。あなたがちゃんと手伝っていれば、もっと早く帰ってこられたかもしれないのに」

そう副団長はシャルノアの自分勝手さを叱責《しっせき》する。ニャルコがこの場にいないのは、シャルノアが仕事の事後処理を全て押しつけて帰ってきたから。

何だったらシャルノアが人攫いを滅ぼすために暴れて、今こうなっているというのもあるだろう。

つまりシャルノアが悪い。

「何すかその目は！　ふんっ。ニャーコは頼りになる子っす。あたしの親友っすよ。絶対に、すぐ帰ってくるっす」

「約束の時間までにですか？　あと一時間程度ですよ」

「うぐっ……」

図星を指されたと苦い顔。だが反省はしているのか、落ち込むように下を見ていた。

「ライネルの野郎でもいい。あいつ近くにいないのか？」

「多分いないでしょう。いたら顔ぐらい見せますよ」

ニャルコに次いで、こういう時に頼りになる仲間。《雷撃《らいげき》》と謳《うた》われた彼がいればもう少し手段があった。

だがやはり不在で、こういう時に頼りになるトップ2が軒並み不在なのがこの状況を悪くしていた。

「ギリギリまで考えましょう。それで無理なら、今あるだけの金を持って私が行ってきます」

「殺されるぞ」

「ウィル君が死ぬよりはマシです」

「っ……」

そんな副団長の覚悟に、何も言えない。みんなが比べるのはウィルと副団長の命だ。

どちらかしか取ることができない、地獄の二択。それに空気はどこまでも重くなる。

「ぷる――？」

ただ時間だけが過ぎ去っていく場の空気を壊したのが、隅っこで窓の外を見ていたイムだった。

「呼んでる……」

イムが呟くその言葉。それこそが、今残っている希望なのだろう。


「魔法ってね。とても不思議な力」

そう教えてくれたのは、十日ほど前のシルクだった。

いつも通りの午前中。師匠としてウィルに稽古をつける中で放った言葉だ。

「魔力と呼ばれるエネルギーを使って、いろんな奇跡が起こる」

「うん。ぼくも、まほー好き」

「ふふ、だよね」

魔法は奇跡の力だとシルクは言う。量に違いはあれど、誰しもが持つ魔力を用いて、誰もが奇跡を使うことができる。

基礎技能である身体強化などは習えば誰だって使えるほど単純なものだ。

「魔力とは、普段お腹《なか》の辺りから湧いてくる。それがゆっくりと体内を巡っているのが正しい状態」

「なるほど」

「これを高速循環させるのが身体強化。そして外に取り出して放つのが魔弾」

「ぼくもできるやつだ」

他にも己の魔法適性によって火を出したり、魔物を召喚したり。まさに摩訶不思議《まかふしぎ》な力。魔法だ。

「でもたまに、こういうことをする奴がいる。えいっ」

「ん……？」

シルクが指を振って、魔法をかけるような動作をする。すると、ウィルの身体強化の光が消えた。先ほどまであった力が出せなくなり、元の五歳児の能力が戻ってくる。

「私は今、ウィルの魔力の流れを止めた。これで魔法は一切使えなくなる」

「ほんとだ。イムたちも、呼べない」

身体強化を試みたり、眷属を呼び出そうとしても一切できない。こんなことをされては、ウィルはただの頭がいい五歳児に早変わりだ。

「実力差がないとできないけどね。でもこうやって魔法を封じてくる奴もいる」

「それは怖い」

「そう。そんな敵と会ったら、ウィルはどうする？」

「敵と？　うーん……」

シルクの問いかけに考え込む。だがどう足掻《あが》いても、今の状態で勝利できる気がしない。身体強化を封じられれば戦いにすらならないだろう。眷属がいないと、ただの五歳児でしかない。

「逃げる」

「正解。良い子。よしよし」

「んー」

どうやら正解できたらしい。優しげに頭を撫《な》でてくれるシルクの手に、目を細めた。

「この技は〝魔力封じ〟と言う。これは、実力差がとてもないと、発動しない。それが発動した時点で、途方もない差がある。勝利は不可能」

「なるほど。それはたいへんだ」

「だから逃げることだけを考えて。無理かもしれないけど、戦うより可能性がある」

逃げ以外の選択肢はない。ただでさえ実力差があるのに、魔法まで封じられては、大男と赤子が戦うようなもの。

勝利は万に一つもなく、待っているのは悲惨な結末だ。

「だけど。本当に、どうしても。戦わないといけないなら」

「うん……」

「やっぱ逃げて欲しい。どうにか頑張って。それでも無理なら、無理矢理解除する方法がある」

「ほー」

それは知っておくべきことだろう。だがシルクは教えたくないのか、葛藤する。

数十秒は悩み、決して使うなと厳命した上でシルクは口を開いた。

「解除というか、その状態でも魔法を使えるようにする裏技。魔力封じは、魔力を生み出す器官を塞ぐことで魔法を使えなくする。だから方法は、無理矢理魔力を外に出す」

「それはどうするの？」

「いい？　絶対しないで。一応知っておく程度の裏技だから。知識としてね。実行はしないで」

「う、うん」

シルクは最後まで、中々教えてくれなかった。それほどに危険な技なのだろうか。

「まあ、つまりね。その技っていうのは――」

しつこいほどに釘《くぎ》を刺した上で教えてくれたのは、確かに五歳児に教えるべきではない裏技だった。


「ん……ししょー。これ、ししょーが言ってたやつだね」

涙はもう涸《か》れた。部屋の隅っこで転がりながら、ウィルは虚空を見上げていた。

そして思い出すのは、かつてのシルクとの会話。

今ウィルが魔法を使えないのは、あの男によって魔力封じをくらっているからだろう。そんな状態になったら逃げろとシルクは言ったが、逃げる能力も封じられては意味がない。

「たしか、ししょーは……なんて言ってたっけ」

ウィルは記憶を深く探る。シルクが言った言葉を隅々まで思い出し、この現状から逃れる術《すべ》を模索した。何かあったはずだ。魔力封じを、突破する裏技が。

「……ああ。そうだ」

そしてウィルは思い出す。シルクが最後まで躊躇《ちゅうちょ》した、最悪の術を。

少しだけ沈黙したウィルは、それ以降躊躇することはなかった。シルクは決してやるなと言った。だがやらないと仲間の危機。初めてできた大切な人達のために、己が傷つくことを顧《かえり》みるなんてありえない。

ウィルは縛られた手で床を這《は》いずると、どうにか裏技を実行できそうな場所を探し出す。

暗闇の中であるが、地下牢は非常に古く、目的の場所はすぐに見つけることができた。

石造りの古い地下牢の壁は、崩れかけていて非常に危険な場所だ。そんな壁の一カ所だけ、非常に鋭く尖《とが》った鉄パイプが露出していた。

かつては何かに使われていたのだろうが、すでに用途を終えたそれにウィルは近づく。

「ふう、こう、だったかな」

ウィルは尖り出た鉄パイプに向かって位置調整をした。そしてほどよい位置を見つけ出す。

「よーし。えいっ！」

それはとても可愛《かわい》らしいかけ声だった。

そんな声と同時に、ウィルは己の腹にその鉄パイプをぶっ刺す。

「いっっ!?　っな、か、ない……！」

深く己に刺さった鉄パイプを見つめながら、ウィルは笑った。それは裏技の成功を確信したからだ。

ポタポタと垂れる血を見つめながら、ウィルは呟く。

『召喚《サモン》・イム』

その言葉と共に垂れた血が輝き出す。大量の魔力のこもった血を見て、ウィルは召喚魔法の成功を確信した。

「ししょー。ごめんなさい」

そしてシルクに謝罪する。ウィルが行ったのは、決してやるなと言われた裏技だ。

魔力封じを物理的に突破する、大人ですらほとんどの者ができない邪道。

腹にあるといわれる魔力を生み出す器官。そこに穴を空け、無理矢理魔力を取り出すという正気では絶対にできない術。

それをウィルは、正気のままでやった。その目に浮かぶのは五歳児と思えぬ覚悟。

泣き叫ぶほどの痛みを堪え、魔法を唱えて眷属を召喚する。こんなことを平気でなせるウィルは、間違いなく普通ではない。人以外の何かだ。

そんなウィルが行使した魔法は、頼れる眷属を呼び出す魔法陣を出現させる。

「ぷるー！」

そしてイムは、元気よく魔法陣から飛び出してきた。

「ぷる!?」

続いて傷ついているウィルを見て、大きく目を見開く。

「ぷるる。ごしゅじん、何やってるのだ!?」

「うらわざ……」

「す、すぐちりょーしないと。ぷるー！」

慌て出すイムを尻目に、ウィルはさらなる召喚を試みる。ボタボタとこぼれ落ちる、魔力のこもった血を使い、呼び出すのはコブロだ。

「イム、薬。持ってる！　シルクに貰《もら》った。これ使うのだ！」

「コブロ、呼んだらね」

イムが差し出してくる薬を見ることなく、召喚魔法の発動に全力を注ぐ。

血に混じった魔力を利用しての召喚は、非常に難易度の高い技。泣き叫びたくなるほどの痛みの中で、ウィルはそれを行使した。

「『召喚《サモン》・コブロ』」

そして無事にコブロの召喚も成功する。

「むっ。無事かウィル？」

「無事じゃないのだ！　ほらコブロも、ちりょー！」

「あ、ああ」

突如呼び出されたと思えば、目の前には痛みに顔を歪めるウィルと慌てるイム。

状況把握に少しだけ時間を要しながらも、コブロは素早く動き出した。はめられていた枷《かせ》を破壊し、服をめくって傷を露出させる。

「回復薬。ちょーきょーりょくなやつだぞ」

もし召喚が成功した時にと持たされていた回復薬をイムは振りかける。

魔法を利用して生み出される回復薬は、非常に高価であり効能も大きい。これ一本で一年暮らせると言われた回復薬は、ウィルの深い傷を強力に癒やした。

「だが。これ一本じゃ足りないな」

「ぷる。取りあえず止血だな。でもほーたいないし……」

鉄パイプを引っこ抜き、回復薬で傷を塞ぐ。しかし深い傷口であったからか、完全に塞ぎきることはなかった。

「ぼくは、だいじょうぶだよ」

「だーめ！」

にこりと笑ってやせ我慢するウィル。それを眷属達はよく理解していた。

痛みを隠して無理を押し通すウィルを止めることこそ、イム達の務めだ。

「しょーがない。イムが巻き付いとく。コブロ、後は頼んだぞ」

「ああ。任せろ」

包帯代わりにイムはスライム形態に戻ると、ウィルの腹に飛びついた。

ぐるっと巻き付き包帯代わりになると、ウィルの痛みは次第に弱まっていく。

じくじくと痛む程度で、歩くことはできそうだ。これもイムの力なのだろう。

「よし。ウィル立てるか？」

「うん。だいじょうぶ」

「すぐに脱出するぞ。少し無理をする」

「もんだいないよ！」

問題しかないはずだ。だがウィルは健気《けなげ》に笑ってそう言った。

体を蝕《むしば》み続ける痛みを我慢して、コブロと共に立ち上がる。みんなに迷惑をかけてしまった心の痛みの方が大きく、ウィルはお腹の痛みに非常に鈍感になれた。

その足で扉の前まで行くと、全員で突破する術を探し始める。

「どうにかこの扉を開けねばならないが。無理矢理は難しいか？」

「うん。重い、てつのとびらだね」

破壊して進むことは不可能だろう。もしできたとしても、その音で敵が集まってくるに決まってる。

「外に人の気配はない。今しかないが……」

「ぷる。イムなら、隙間から外出れるぞ」

「あ、そうだね。おねがいできる？」

「ぷるー！」

スライムのイムであれば、僅かな隙間から扉の外に出られるだろう。外からなら、この重い鉄の扉も開く可能性がある。

イムは早速とばかりにお腹から離れると、ズルズルと扉の隙間から外に出る。イムが消えたことで痛みを増した腹を押さえながら、その経過を静かに待った。

「ぷるー。どーだ？」

その声と共に、鈍い音を立てて何かが落ちる音がした。そして軋《きし》む音を立てながら、鉄の扉は開く。

外に出れば壁に蠟燭《ろうそく》が一本あるだけの、簡素な部屋だった。そして地面に落ちているのは大きな閂《かんぬき》だ。これで扉を閉じていたのだろう。

「ふむ閂か。イム、ご苦労」

「ぷる。じゃあ戻るぞ」

胸を張って敬礼をしたイムは、素早くウィルの腹に絡みつく。何と頼もしい眷属であろう。

そして無事牢から出られれば、あとはここから脱出して仲間達の下《もと》へ逃げるだけだ。

「外にさえ出られれば安心できる。これがあるからな」

「なにこれ？」

「信号弾だ。シルクに貰った」

そう言って取り出すのは、小型の銃だ。おもちゃのようであるが、そこに詰まっているのは大量の煙を吐き出す弾。ウィルを見つけ出すために、シルクが持たせてくれた切り札だ。

「空に向かって放てば、それを目印に団長が駆けつけてくれる」

「それは凄い」

イムとコブロは時間差の召喚であり、その僅かな間で用意されたものだろう。故に簡素であるが、その僅かな手掛かりだけで彼らは駆けつけてくれるはずだ。

「シルクの故郷で、魔法ではない技術で作られたものだ。だから取り扱いを間違えると危険らしい」

「それは怖い」

「俺が保管しておくが、ウィルも気をつけろよ」

ウィルを捜し出すための信号弾。しかし取り扱いを間違えると危険なそれを、コブロは慎重にしまいこむ。

「外に出ることがミッションだ。隠密でいく」

「うん。がんばる！」

小声でそう決意し、二人は早速動き出した。

部屋を出て、真っ暗な廊下を走る。気配察知に長けたコブロの力で、最も安全なルートを進んだ。

「……ふむ。こっちだな」

「ん！」

非常に頼りになる最高の眷属、それこそがコブロだ。的確に人の気配を読み取り、ウィルを導く。

その姿には見惚《みほ》れてしまうこと間違いなしだろう。

「ねえコブロ。みんな、どうだった？」

そして安全な道筋であるが故、ウィルはふと呟いてしまう。

「……心配していたぞ」

「そっか……」

その言葉にウィルは顔を伏せる。

やはり、良い人達だ。心配なんてされたことないウィルにとって、その優しさが心を蝕む。

そんな良い人達に迷惑をかけてしまったという事実が、ウィルの心に大きな罪悪感を灯していた。

「早く、無事な姿を見せてやれ」

「うん。そうだね」

そこでウィルは一つの決意をして、コブロを見る。

「コブロは、ぼくといっしょにいてくれる？」

「何を言っている？　……まあ、当たり前だろ。眷属と主人は契約が終わるまでずっと一緒だ」

「そっか。うれしいな」

コブロの力強い言葉に、ウィルは顔を綻ばせる。

「イムもだぞ」

そしてお腹の方からも声が聞こえた。

「イムも、ずっと一緒。そうじゃないとだめ。わかったな、ごしゅじん！」

「うん。ぼくは、幸せだな」

これが幸せというのだろう。

ウィルがずっと求めた、大切なもの。だから今下した決断を、苦もなく実行できるのだ。

「今はそんな話をしている場合ではないぞ。ここは未だ敵地だ」

「だね。行くよ！」

ウィルはコブロの言葉に気を取り直し、今考えていたことを心の奥底にしまいこむ。

そしてぐっと拳を握ってコブロの後を走った。


まとめ役であるルーデルクにとって人攫いとは、簡単に金が稼げる楽な商売だ。

もちろん当初こそ恐れることもあった。そんなことをすればさすがの王国騎士も動くのではないか。

そんなに上手いことといくのか。数多《あまた》の不安を抱えながら始まった人攫いだが、時間が経てば全てが杞憂《きゆう》であったと安心する。

それも全てはボスがいたから。

ボスが聖竜国との流通ルートを整備し、権力はあれどロクでなしと有名なバス公爵も引き込んだ。

その結果、売れそうな者、特に顔が良く、若い女などを攫えば簡単に金が手に入った。

家族が騎士に訴えようとも、バス公爵の権力で揉《も》み消す。まさに完璧な布陣と言えるだろう。

突如としてルーデルク達の前に現れ、人攫いのための駒になれなどと言われた時は怒りで目の前が真っ白になるところだったが、今は感謝していることも多い。

不気味で恐ろしいほど強く、どこに地雷があるかわからないボスであれ、金をもたらしてくれるならばそれでいい。ルーデルクはそう思っていた。つい最近まではだ。

「《激獣傭兵団《げきじゆうようへいだん》》副団長。《軍師《ぐんし》》ソルレオ・ロゼロ。奴さえ消せば《激獣《げきじゆう》》は大きく弱体化する」

「へ、へえ。そうですか……」

ボスの考えていることはわからない。仮面で顔を隠しているのもあるし、感情を表に出してくれないのも原因だ。そんなボスが初めて見せたむき出しの敵意。

《激獣傭兵団《げきじゆうようへいだん》》に対する強烈な恨みに、ルーデルクは冷や汗を掻《か》きながら同意するしかなかった。

「ああ。戦闘力は高くないが、交渉、傭兵団運営、作戦立案など。裏方を一手に担当する奴は《激獣傭兵団《げきじゆうようへいだん》》の縁の下の力持ち。もし消えれば、その瞬間崩壊してもおかしくないほどの重要人物だ」

《激獣傭兵団《げきじゆうようへいだん》》に所属する者は、全員何かしら重要な力を持っているのが通例だ。

その中で一番重要なのは間違いなく副団長であろう。ボスの言う通り、裏方として傭兵団を支える彼は、唯一無二の人材だ。

戦闘力であれば他の者でも代わりが利くが、副団長がやっていることを代わりにできる者はいない。

「故に《激獣傭兵団《げきじゅうようへいだん》》を崩壊させるため、俺は《軍師《ぐんし》》を殺す。ついでに何人か消せるとさらによい」

ボスはまるで恋い焦がれるように叫ぶ。ルーデルクはそれをやはり理解できなかった。

いや、ずっと理解できない。ルーデルクにとって覚悟が必要な仕事だった人攫いも、ボスにとっては復讐を果たすための過程でしかない。

狂気すら感じるその復讐心が、ルーデルクは恐ろしかった。

「ああ。楽しみだな」

「は、はい……」

愛想笑《あいそ》いを浮かべながらルーデルクは答える。

「つまらない顔だ……そういえばお前の名前は、何だったかな？」

「ルーデルクです」

「そうか。そうだったかな」

これも何度目のやりとりだろう。ボスはナンバー2であるルーデルクのことを覚えていないのだ。

人を記号で認識し、顔すら覚えていない機械のような人間だから、こんなことができるのだろう。

そんなボスが唯一人間味を見せるのは、《激獣傭兵団《げきじゅうようへいだん》》への復讐心を煮えたぎらせるときだけ。

今のボスからは、恐ろしいほどの恨みの感情が伝わってくる。

「《軍師《ぐんし》》は来るのか。来ないのか。来てくれると嬉しい。そうだろう、ルーデルク」

「ええ。そうだといいですね」

ボスを怒らせないように、今度は真剣に同意するような顔で頷《うなず》く。

「来なかったらあのガキの腕……内臓でもいいか。やってくるまで送りつけよう。必ず殺してやる」

「は、はは……」

その狂気に思わず苦笑いが出てしまう。だがボスがそれに気づかなかったのは幸運だ。

ボスが見ているのは、《激獣傭兵団《げきじゅうようへいだん》》の本拠地たる屋敷の方向。そして砂時計の示す時間を見て笑みを浮かべていた。

「あと五分——ん？」

しかしすぐに、ボスは顔をしかめる。そして人攫いのアジトの方向を見て、首を傾《かし》げた。

「おい、ガキが逃げてるぞ」

「えっ？　どういうことですか？」

ルーデルクも慌ててボスと同じ方向を見るが、そこにあるのは連なるボロい建物だけ。

逃げ出すウィルどころか、彼らのアジトはもっと遠くだ。ここから見えるはずがない。

「面倒くさい。俺は《軍師《ぐんし》》が来た時のためにここから離れられない。お前、逃げたガキを捕まえろ」

「俺ですか？　は、はあ。わかりました……」

ボスが言っていることはよくわからない。だが一つ確かなのは、逆らってはいけないこと。

ボスの言葉にNOはありえない故に、ルーデルクは反射的に頷いた。

「殺さなければ痛めつけていい。逃げたことを後悔させておけ」

「了解です」

「では任せた。『転移』――」

ボスの魔法が発動し、ルーデルクは突如として浮遊感に襲われた。

それは空間と空間を繋いで、一瞬のうちに移動する空間魔法の一つ〝転移〟だ。

普通に歩けば時間がかかるアジトへの道程も、魔法の手にかかれば一瞬。ルーデルクはその魔法により、アジトの入り口へと飛ばされた。


「っ――この感覚。やっぱ嫌いだ」

アジトへと一瞬にして戻ったルーデルクは、ボスがいないのを確認してから吐き捨てる。

やはり転移の浮遊感は好きになれず、すぐ動き出さねばならないのに少しだけ頭を押さえた。

「……確かガキが逃げたって話か。くそっ。面倒くせえ」

そう愚痴を吐きながらも、ルーデルクは歩き出す。

ボスが決して逃がすなと言った以上、それを全力で叶《かな》える他に道はない。

「おい、そこのお前」

「へ、へえ。なんすかルーデルクさん」

近くにいた部下に声をかけ、ルーデルクは伝える。

「ガキが逃げた。全員駆り出して捕らえろ」

「あの地下のガキですか？　はぁ。そうですか」

部下も半信半疑だ。出かけていたルーデルクが突如として戻ってきて、そう言われても困惑するしかない。

「ボスの命令だ。すぐ動け」

「ボスの!?　た、ただいま！」

だが半信半疑であろうとも、ボスという単語の恐怖心は全員が共有しているものだ。

彼の言葉には絶対に逆らってはいけないと、部下の男はすぐさま走り出す。

「何でこんなことやってんだ。俺はただ適当な平民を攫って、金を稼ぎたいのに」

部下が走り去ったことで、思わずそう呟いた。

「いや、違うか。もう無理だな」

しかしすぐに頭を振って否定する。

「俺達はもうすぐ、破滅するんだから」

そう自虐的に言うと、ルーデルクもまた歩き出した。

結局ルーデルクはすでに、地獄に片足を突っ込んでいるのだ。

《激獣傭兵団《げきじゅうようへいだん》》の見習いを攫い、脅すなど王国民にとってみれば愚かとしか言いようのない所業だ。

あの世界一イカれた最強集団に喧嘩を売って、生きていた者は一人もいない。

もう地獄へのトロッコにルーデルクは乗っていた。

ボスが逃がしてくれるはずもなく、対峙《たいじ》する以外の選択肢は残されていない。

ボスは確かに強いが、《激獣傭兵団《げきじゅうようへいだん》》全員には勝てないだろう。あれは化け物の集いだ。

たとえ副団長を殺せたとしても、怒り狂った団長、《激獣《げきじゅう》》のロック・ディーの手で滅ぼされることは間違いない。

つまりルーデルクにとって、これから先はどうでもいい。どう足掻いても死しかないのだから。

「あのガキを救い出したらあいつらは温情をかけてくれるのか。……いや、無理か」

もしここで逃げ出したウィルに味方して、どうにか赦免《しゃめん》を願い出る道もあるかと一瞬思うが、人攫いとして罪を重ねすぎた。

《激獣《げきじゅう》》が万が一許してくれても、王国法に照らし合わせると死刑一択。

つまりこのままやりきるしかない。あるいは隙を見て逃げ出すか。

「はぁ。取りあえず、ボスを怒らせないように頑張るか」

ルーデルクの破滅は、突如として現れたボスに従った日から始まったのだろう。

今できるのはボスを怒らせないようにしつつ、隙を見て逃げ出すことだけだ。

「くそっ。簡単に金が稼げる話だろ。《激獣傭兵団《げきじゅうようへいだん》》に目を付けられたら逃げる予定だったのに！」

最後にそう吐き捨てると、ルーデルクもまたウィルを捕まえるために走り出した。

「……騒がしいな」

暗い廊下を歩く中で、そう呟くのはコブロだ。非常に鋭い感覚を持つコブロは、忙しく走り回る多くの人間の気配を感じていた。

「どうしたんだろ？」

「バレた可能性もある」

「ぷる!?　じゃあ急がないとな」

まだ断言はできないが、さすがにバレただろうか。一応扉は閉じて閂をしておいたが、そんな小細工は大した意味がないだろう。

「とにかく急ぐぞ」

「うん」

さらに速度を速めたコブロに、ウィルは必死について行く。未だ魔力封じをくらっており、身体強化が使えない中でのことだ。

コブロも配慮はしてくれるが、やはり五歳児の身体能力では限界がある。

「ウィル、背負うか？」

「それだと、動きがにぶくなる。だいじょうぶだよ」

コブロはそう提案してくれるが、ウィルは首を振る。今コブロは生命線だ。高い戦闘力を持ち、鋭い感覚も持つ。そんなコブロに負担をかければ共倒れすら見えてくるだろう。

故にウィルは無理をし続けるのだ。

「しかし――っ!?」

さらに言葉を重ねようとしたコブロは、突如として廊下の奥を見る。

「……誰か来る。隠れるぞ」

「う、うん」

やはりコブロは重要だ。こうして敵の接近に気づいていち早く教えてくれる彼をサポートするのが、ここから逃げ出せる唯一の手段だろう。

コブロの誘導の下、近くにあった空室へと隠れ息を潜める。

「──ったく。たかだかガキ一体逃げただけだろ」

「ああ。ボスの命令とはいえ、ルーデルクさんは騒ぎすぎだぜ」

そんな会話をしながら、男二人が部屋の近くを通る。そのままどこかへ行ってくれることを願ったが、そう上手くはいかないらしい。

「ん。おい、この部屋調べたか？」

「あー、いや。ただの空き部屋だろ」

男達はそう言って、ウィル達が隠れる部屋の前で立ち止まった。

「っ……！」

ウィルは息を呑むが、男達が立ち去る気配はない。

「一応調べとこう。見逃すと怒られる」

「そうだな」

これはもう無理だ。部屋の中は本当に空き部屋であり、隠れられそうな場所はない。

男達が扉を開ければ、すぐさま見つかるだろう。

「イム……やるぞ」

「ぷるっ」

真っ先に行動したのは眷属達だ。イムは腹から離れてウィルを物陰まで誘導し、息を潜めさせる。

「俺達がやる。信じろ」

「だ、だいじょうぶ？」

「信じろ。ごしゅじん」

敵の力量がわからない以上、不意打ちしかない。故に言葉はほどほどに、コブロとイムは位置につく。コブロは扉の前に立ち、イムは天井に張り付いた。

「別に何もないよな。まさかこんなところ――」

男が扉を開けて顔を見せる。その瞬間、コブロの槍がその喉を一突きで抉《えぐ》り取った。

「お、おい。どうしたっ――!?　っごぼ、もご、ぼおお」

突如として槍で殺された相方にもう一人の男は慌てるが、すぐに声も出せなくなる。

天井から降ってきたイムがその顔を包み、窒息死させにかかったから。

「……始末、完了なのだ」

非常に鮮やかな手並みだった。

コブロもイムも慌てることすらなく、敵を倒す。それは日頃の鍛錬の賜《たまもの》だろう。

死体もイムが食うことで瞬時に処理し、そこでは戦闘が起こった形跡すらない。

「ふう。やはり逃げたことはバレていたか」

「ぷる。早く逃げるに限るな」

「うん。そうだね」

だが良いことばかりではない。男達の会話から、逃げたウィルを捜していることは確実。今この周囲にはウィルを捜索する者達が溢《あふ》れていることだろう。

それを掻い潜《くぐ》りながら逃げるのは至難の業だ。

「ふぅ……こっちだな」

難しくとも逃げるしかない。イムは再度腹に巻き付き、コブロの誘導の下また走り出す。

だが簡単な道程ではなかった。どうやらこの建物は地下深くまで延びている上に、広大だ。階段を上っても外に出られる気配はない。

一体何の建物かはわからないが、これを造った者は魔法使いか何かだろうか。それほどの建造物だ。

「……こっちは駄目だな」

広大であるが故に、逃げやすいのは確かだ。敵の気配を感じれば違う道へ行く。それだけで戦闘を避けることが可能だった。

しかしそうやって逃げていればどこへ行くかわからない。敵の気配がするからと道を逸れたり隠れたり。気づけばウィル達は、多くの牢が立ち並ぶ部屋に来ていた。

「ここは……ろうや？」

「だろうな。多くは空だが……何人か気配を感じる」

よく観察すれば、二人ほどの人間が捕らわれていた。恐らく攫われた人達だろう。

希望をなくした瞳で虚空を見上げる者、すすり泣く者。一様に絶望を抱えていた。

「助けないと」

「ウィル……？」

不当に捕らわれている人達。それを見たウィルは、思わず呟く。そして牢に駆け寄った。

「今はそんな暇ないぞ」

「そうだけど……でも」

ウィルはそう言うだろう。優しい子だ。だがコブロにとって大切なのはウィルであり、それ以外を守る余裕はない。

「しかし——いや、助けるか」

どうウィルを諦めさせるかと考えたコブロであるが、すぐさま方針を転換する。

守る余裕はないが、多くの人がいればそこにウィルを紛れさせて生き残りやすくすることもできる。

最悪囮《おとり》なども考えられるだろう。

どこまでも主人を優先するシビアな判断で、コブロは牢の閂を外した。

「あの、だいじょうぶ？　ですか？」

扉が開けば、ウィルは駆け寄る。そこにいたのは親子であろうか。

ボロボロの格好であり、頬は痩《こ》けている。恐らく貧民街に住む父親と娘か。

こんな世界であろうと幸せに生きていた彼らは、人攫いによって全てを奪われた。故に瞳がどこまでも暗い。

「君、は？」

「逃げよう！　早く！」

「えっ？」

父親らしき男は、その言葉に周囲を見回す。開いた扉と、幼い少年。そしてゴブリン。まるで意味不明な状況だ。しかし今、希望が訪れたことだけはわかる。

「む、娘。娘だけでも、助けてくれ！」

「うん。みんなで、逃げるよ！」

ウィルはその手を握って叫ぶ。子供だけでなく、父親も助ける決意でいた。

周囲は敵だらけ。しかしコブロの気配察知能力があれば、この人数でも十分逃げられるはずだ。敵の練度を考えても、大きな問題にはならないだろうとコブロは静かに頷く。

「き、君は誰なんだ？」

「今はいいでしょ。早く！」

「あ、ああ」

やはり突如として現れた幼児とゴブリンの組み合わせに困惑しているようだが、唯一の希望を手放してはいけないと彼らは立ち上がる。

娘もまだ幼い。ウィルよりは年上であるが、父にすがって震えていた。

そんな彼らにウィルは安心させるような笑顔を見せる。

「よし。コブロ、行こうか」

「ああ。道は——こっちか」

目をつぶって周囲の気配を探り、最も人の気配が薄い場所へと行く。この部屋にあった道の中で、一番奥にあるのが良いだろう。

「しずかに行くよ！」

そんなウィルの言葉に頷いて、全員声を殺し静かに走る。

素人の技術であれ、コブロの誘導があれば大きな問題が起こることもなかった。

しかし進めば進むほど感じる違和感。

「こっちは出口に続いているのかな？」

「そう願うしかない。他の道は人の気配が多すぎる。まるで待ち構えているようにな」

「出口で、まちかまえてる？」

「かもしれない」

ここが地下である以上、出入り口となる場所に人を配置しておけばウィルを捕らえることが可能だろう。それが一番楽だし、効果もある。

「じゃあこの道は……」

「出口に繋がっていない可能性も高い。だが他の道だと人数が多すぎる」

それは絶望的な知らせだ。まずウィル達の戦力では、敵が五人もいれば勝つことは不可能だろう。

故に敵を避けてここまで来たが、出口に繋がっていない可能性が出てきた。

「一応この先を確認しよう。それで無理ならば……」

そこで言葉を句切って、最後尾の親子を見る。

不安げな瞳で希望にすがる彼らを、使う以外の作戦はないだろう。彼らを囮にし、包囲網を突破する。しかしウィルがそれを望まないのは間違いなかった。

コブロとしても取りたい手段ではなく、最後まで希望を残して進む。

「あの、大丈夫かい？」

「うん！　まかせて」

ウィル達の小声の会話から現状を察したのかそう尋ねてくる父親。だがここで真実を言って錯乱《さくらん》されると、より状況が悪化する故に笑顔でそう言うしかない。

「ぼ、僕にできることがあれば言ってくれ。何でもする。せめて、娘だけでも」

だが父親はそう言って、覚悟を決めた瞳を見せた。囮になって娘やウィル達を逃がす決意だろう。

「お、お父さん？」

「ミア、君が生きることが僕の願いだ」

家族を守るために決意を固めた父親と、それを阻止しようと声を上げる娘。

それは美しい家族の形。貧民街であろうとそこに暮らす家族の絆《きずな》は強固で綺麗だ。

それにウィルは、眩《まぶ》しくなる。ずっと求めていたものがそれだから。故に、壊させない。

「だいじょうぶ。安心して」

この場で最も幼いのに、最も考えているのがウィルだ。

どうにかして全員で逃げ出す方法。それを走りながら必死に考えていた。

痛む腹も、息が上がる体も全て無視する。そして希望を探し続ける。

「もし、だよ。もし戦いになったらさ――」

みんなで生き残る道を、ウィルは諦めなかった。


道の先に希望がある気持ちでいた。そうでなければ折れてしまうから。

しかし現実は残酷なものだ。

「――待ってたぜ」

そう、絶望が顔を見せた。

「はっ……？」

ウィル達がたどり着いたのは小さな倉庫のような部屋だった。

そしてそこで待ち構える一人の男。一本の剣を携えて、鋭くウィル達を睨む。間違いなく、強者。

「敵かっ！」

「当たり前だな」

「なぜ、こんな行き止まりに？」

「どうにも捕まらないから、少し誘導させてもらった」

その言葉に歯嚙《はが》みする。この明らかに誰もいない道は罠だったのだろう。

気配を察知して逃げ回っているとすぐさま看破し、ウィル達のルートを誘導する手腕。

間違いなく頭も切れる。

「ここは広いだろう。かつての負の遺産さ」

男は手を広げて叫んでいた。

「六年前の戦争で、帝国軍が築いた一夜城。俺達の生活が最悪になる切っ掛けとなった戦争で、生まれたものだよ！」

彼は憎々しげに言い捨てた。確かに目を見張る建築物であるが、男はよく思っていないのだろう。当たり前か。王国民であれば、六年前に侵攻してきた帝国に対して良い印象など抱いていない。それを使うことは屈辱であったはずだ。

「これから、ここでなにをしますか？」

そんな彼に、ウィルは尋ねる。

「ん、そうだな。お前は死なない程度に痛めつけていいと言われている。そっちの親子はバス公爵が何か使うらしい。ということでそのゴブリンは殺していいかな」

一人一人、これからたどる運命を親切に説明してくれた。そしてそれをなす力が彼にはあるのだろう。それがハッタリではないと理解させられるオーラを放っていた。

「ウィル、下がってろ」

「だめだよ。コブロだけじゃ勝てない」

コブロが最前線に立って槍を構えた。だがウィルもまたその隣に立つ。

「みんなの力をあわせないと」

「しかし今のウィルでは……」

「だいじょうぶ。ちょっと、まほー使えるようになった」

その言葉と共に、ウィルは魔弾を一発浮かべた。

やはり魔力封じは永続ではなく、時間が経てば解けるのだろう。未だ完全ではないが、少しは役に立つはずだ。

「ぼ、僕も。戦おう」

そして父親である男も前に出る。守るためには傷つかねばならないと彼は知っているのだろう。

「だいじょうぶ。ぼくたちを信じて。さっき話したとおりに」

だがウィルはそれを拒否した。今まで磨いてきたウィル達の連係に、部外者が入ってこられては崩れてしまう。だが五歳児にそう言われても、信じるのは難しいだろう。

「ぼくたちなら、けっこう強い！」

「おっ。立ち向かうか。逃げ場はないし、それが一番だぜ」

男は剣を抜いた。ウィル達も構えた。

数の上では有利だが、この男の強さは並ではない。まず勝てないだろう。

勝機があるとすれば、数の利をちゃんと活《い》かし、連係で仕留めるのみ。

「まあ、そのゴブリン以外は殺さないから安心しろ」

男はそう言って、邪悪な笑みを浮かべた。

ルーデルクにとって、ウィルという少年はどうでもいい子供と片付けられるだろう。

《激獣傭兵団《げきじゅうようへいだん》》に対して特別な思いを抱いているわけではなく、ただ仕事がやりにくくなる存在だと吐き捨てるだけ。そんな組織の見習いなど非常にどうでもよかった。

だが相対することに、一種の楽しさも感じ始めている。

それは才能ある若者を叩き潰す快楽か。普段溜めているストレスを発散する悦楽か。それはわからないが、ウィルと戦うことに心躍る自分がいた。

「ふぅ……やるよ！」

ウィルはそう声を上げると、コブロの背後で魔力を高める。未だ魔力封じの影響下ではあるが、魔弾を少し放つ程度なら可能だ。

「えいっ……『魔弾』！」

可愛らしい仕草と共に、二発ほどの魔弾がルーデルクへと放たれた。

「くだらねえ」

だがそれは幼児による子供騙《こどもだま》し。かつては貧民街を仕切っていた実力を持つルーデルクにとって、豆鉄砲以下の威力でしかない。

剣先で軽く消し飛ばし、ウィルの攻撃は終わった。

「ふんっ、ここだ！」

だがその魔弾と共に、コブロが駆けていた。魔弾を薙《な》ぎ払ったことで生まれた一瞬の隙に、コブロは頭蓋を貫こうと槍を突き上げる。

「だから、意味ねえって」

そう呆《あき》れたように言うと、槍の一撃を首を傾けるだけで回避した。

それに目を見開くコブロを、ルーデルクは逃さない。そのまま足で蹴りつけると、大きく壁際まで吹き飛ばした。

「等級Cまでの魔物は殺したことがある。お前らじゃまだ、足りないな」

あまりに簡単に蹴散らしたルーデルクは、そう言い放って剣を突きつける。

等級Cまでということは、あのデッドボアと同程度。全員で力を合わせても倒せなかったデッドボアを、ルーデルクは殺せるということだ。それは絶望としか言いようがない。

その言葉に、吹き飛ばされたコブロは立ち上がって叫んだ。

「ウィル！　あれは駄目だぞ」

「う、うん」

ウィルの頭によぎり、コブロが止めたのは、デッドボアを消し飛ばした力だ。

あれならばルーデルクを倒せるだろう。しかし駄目だ。あれはウィルの可能性を無理矢理引きずり出す破滅の力。二度目の行使は命がないと本能が叫んでいた。

「なんか策があるのか？　だったらちょっと、本気出すかな」

「ちっ。ウィル！」

「うん。『魔弾』」

動き出そうとするルーデルクに対し、先にウィル達は動く。

背後からはコブロ。前方からはウィルの魔弾。片方が弱かろうと、同時に前後から攻撃すれば勝機はあるはずだ。

「——まあ、想定内だ」

だがルーデルクは魔弾を軽く弾《はじ》くと、背後のコブロと打ち合った。これも全て、想定内。

豆鉄砲とゴブリンの槍など、同時に放たれた程度ではビクともしないのがルーデルクである。

「くっ。強いな」

打ち合いでは不利と直感したコブロは、どうにか離脱するとウィルの横まで退避する。

この一瞬でわかったのは、ルーデルクが予想以上の強者であること。

普通にやっての勝利は不可能だ。ならば、策を講じる以外に未来はない。

「魔弾っていいよな。簡単だ」

そう喋《しゃべ》り出したルーデルクは、剣を構えた。

「魔弾程度の基礎魔法は、勉強すれば誰だって使えるらしい。だけど平民はそれを学べない。知識を貴族が独占し、俺達は生身で生きている」

それは時間稼ぎの言葉なのか、ルーデルクの魂からの言葉なのか。それはわからぬが、その目に映る意志は燃えていた。

「だから、今は楽しいぜ。ボスは魔法を教えてくれた。この力があれば、簡単に金が稼げる」

ルーデルクの持つ刃が淡い光を帯びた。

「『魔斬《まざん》』――」

放たれたのは魔力の刃。それは真《ま》っ直《す》ぐ、避けようのない速度でウィルへと迫る。

防げるか？　不可能だ。逃げる方法はもちろんない。

死ぬ。矮小なウィルには手段がない。

「っ――」

故に犠牲を出して、生き残る。

「コ、コブロ！」

「ぐうっ。ウィルは、殺させん」

全身でウィルを庇《かば》ったコブロは、胸部に斬撃をくらっていた。服は切り裂かれ、血が大量に垂れ流される。そんな大怪我《おおけが》を負ってなお、鋭い瞳でルーデルクを睨み付けていた。

「おお。庇ったか。魔物を操る魔法。確か、召喚魔法だったかな」

庇ったコブロを見て、ルーデルクは嘲笑《あざわら》う。

「だけどそのゴブリンが唯一戦える奴だろ。豆鉄砲しか撃てない子供を庇って何になるんだか」

結局、無駄なのだ。命がけで庇ったコブロの行動すら、ルーデルクの想定内。

最も警戒していたものが戦闘不能になる、最高の想定内だ。

「もうお前を守る者はいない。取りあえず、殺しはしねえが腹搔っ捌かれるぐらいは覚悟するんだなっ！」

そう言ってルーデルクは走り出した。

恐ろしい速度でウィルへと迫ると、剣を振りかぶる。

地面に片膝を突いたコブロではそれを防げない。

ウィルに逃げる力もない。故に、あるのはルーデルクの想定外のみ。

「はっ。これで終わりだ！」

ルーデルクの刃が迫る。だがそれと同時にウィルは叫んだ。

「――イム!!」

ウィルの叫びと同時に、腹からイムが飛び出してくる。そして死体を吐き出した。

「あっ？　死体っ!?」

突如として目の前に現れたのは、部下の亡骸《なきがら》だった。窒息死したのか、恐ろしい形相の死体に、ルーデルクの剣は阻まれる。

「隙を――見せたな」

突然現れた部下の死体。そしてそれに阻まれた刃。二回連続で起こった想定外に、ルーデルクの脳は混乱する。それをコブロは逃がさなかった。

全身に訴える痛みを無視すると、槍を構えてルーデルクの背後を取る。

「ぐはっ」

僅かに見せた隙をつくように、コブロの槍はその体を貫いた。

「ウィル！」

「うんっ！　てったい」

だがそれで、ルーデルクが死なないのは理解している。故に二人は、全てを捨てると走り出した。

「に、逃がすか！」

槍に体を貫かれようと、ルーデルクは立ち上がる。出口に向かって走り出したウィル達を追うが、遅い。それはウィル達の想定内だ。

「君！　これでいいんだね！」

「うん！」

そう叫んでいたのは、背後で控えていたはずの父親だった。

その手に持つのは一丁の銃。シルクに持たされ、コブロが持ち込んだ信号弾だ。

取り扱いを間違えれば非常に危険と言われたそれを、父親は構えて男に向ける。

「くらえっ!!」

「はあっ!?」

ウィル達が通路に逃げ込んだと同時に、信号弾は男に向かって放たれた。

一瞬にして部屋中に充満した煙。だがそれはただの煙ではない。どんな遠くからでもウィルを見つけられるようにと、人体の影響など何も考えていない代物を貰ってきた。

それは空気に触れると発火し、衣服や皮膚を焼き尽くす効果を持つ白リンと呼ばれるものだ。

魔法とはまた別の技術によって作られたそれは、人間に対して恐るべき牙を向く。

「す、凄い銃だな。これが信号弾として使われるのか……」

「ぷるー。間違いない」

唯一の入り口は、イムがスライム体型を活かして伸びることで封鎖した。

コブロの槍で傷つき、動きが鈍ったルーデルクがイムを突破して外に出るのは困難であろう。

故に信号弾によってルーデルクは仕留められる。

「ししょーの国で作られたやつだっけ。凄いね」

「化学と言っていたかな。一部の物好きが研究しているらしい。魔法を使わない技術と言っていた」

そう言って苦笑いするコブロ。こんな危険な物を持たせてよかったのか。取り扱いを間違えれば傷ついていたのはウィル達であろう。シルクも慌てていたということか。

「さて、そろそろか？」

「ぷる。じゃあ吸うぞ」

会話をしつつ、経過を見守る。そしてもう大丈夫だろうと判断し、イムは充満する煙を吸い込み始めた。人体に影響のあるものであろうと、イムには関係ない。どんな毒だろうが問題なく取り込めるイムの手により、充満していた煙は全て吸いこまれて消え去った。

そして全ての煙が晴れた室内に残っていたのは、倒れ伏すルーデルクだ。

全身に大火傷《おおやけど》を負い、呼吸すらままならない状態。恐らく放っておけば死ぬだろう。

「イム……」

「ぷる」

このまま苦しませても、ただ寝覚めが悪くなるだけだ。故にイムがその体に纏《まと》わり付き、捕食する。

イムの腹に入れば後は一瞬だ。先ほどの死体のようにキープしておいたら永遠の苦しみだが、そんなことはせずに消化してしまう。それはあまりに呆気《あっけ》ない最期だ。

貧民街の頂点にまでたどり着いたルーデルクの人生は、ウィル達の手によって幕を閉じた。

「勝ったな」

コブロはその光景にほっと一息つく。

「ああ、助かった」

「あ、ありがとうございます」

みんな口々に言葉を紡ぐ。だがウィルだけは喜びはほどほどに、次を考えていた。

ルーデルクは倒した。しかしその次はどうする。

コブロは大怪我を負ってもう戦えないだろう。イムは戦闘力が高くない。ウィル自身はまだ豆鉄砲を放てる程度。親子も一般人で、武器ももうない。

そんな戦力で人攫い達の包囲網を突破して地上に出る。

しかし出たとしても信号弾はもうない。この先は絶望だ。

「……ウィル」

「ん。どうしたの?」

「あそこが怪しいな」

そう言ってコブロは、部屋の隅、荷物が積み上げられた地点を指差す。

木箱が数個ある程度で、特段変わった景色があるわけではない。

「そこから空気の流れを感じる。何か、あるぞ」

「そう？　じゃあ調べてみる」

「僕も手伝おう」

「それは助かる」

大人の協力で、ウィルは木箱が積み上げられた地点に近づく。そして調べてみるが、特段変わったものは見受けられなかった。

「うーん。空気の流れか」

「これ、普通の木箱じゃないね。木とは材質が違う感じだ」

父親である男は、今までの経験から木箱を触ってそう言う。やはりここには何かあるらしい。

「ぷるー。……イムがちょっと入ってみるか」

「おねがいできる？」

「ぷる！」

まるで縫い付けられているかのように動かせない木箱。これ以上はわからないというところで、イムが手を挙げる。スライムのイムであれば、僅かな隙間からも侵入できるだろう。

その力を活かして木箱の隙間に入り込み、イムはどこかへ消えていった。

ゴソゴソと音が聞こえるのみで、少し不安に包まれる。みんなで顔を見合わせたりして待っていれば、鈍い音が聞こえてきた。

「ちょっと離れた方がいいかもー」

木箱の向こう側から聞こえる声に素直に従って離れる。そうすれば、木箱がひとりでに動き出した。

「えっ？　なにこれ」

木箱の向こう側には、小さな穴があった。向こう側には上への梯子《はしご》があり、イムがそこで壁際のスイッチを押していた。

「なんか、仕掛け？　みたい」

「ふむ。さっきの奴はここが帝国軍が建てた一夜城だと言っていたな。恐らく脱出用の隠し扉だろう」

「確かに。あの帝国軍ならそれぐらい作るだろうね」

コブロがそう言い、父親である男も肯定する。

こんな城を一夜で造り、脱出用の隠し通路まで造るとは。それが帝国の技術なのか。

「……この建物も魔法で造られたのだろうな。土魔法を使えば可能なのか？」

「まほーは凄い。ってことで、早く逃げよ」

この建物の考察をし始めたコブロの手を引いて、ウィルは隠し通路へと進む。

上を見れば、遥《はる》か上に少しだけ星空が見える程度。これを上るのは少し大変だろう。

「コブロは上れるかな？」

「イムがさぽーとするぞ！」

「頼んだ」

大怪我を負っているコブロが上るのは少しだけ大変だろうが、それはイムのサポートでどうにかする。親子も娘が少しだけ不安だが、それもイムのサポートでどうにかしてもらおう。

「よし。だっしゅつ、する！」

そんなウィルの号令で、順番を決めて上り始めた。

梯子を上れば、そこは井戸だった。苔《こけ》むしてもう使われていない井戸を装って隠し通路を仕込んでいたのだろう。

周囲を見回せば森の中。恐らく王都ではない。王都からどれほど離れているかが問題だ。

「パパ、ここどこ?」

娘がそう不安げに言う。全員で無事脱出できたが、ここから王都に戻らねば安心はできない。

「いや。王都からは出たことがないし。君はどうだ?」

「ぼくもわからない」

王都から出たことがないのはウィルも一緒だ。コブロもイムも知らないだろう。

それではどちらの方向に歩けば王都なのかがわからない。

「信号弾はあの一発のみだ。自力でどうにかするしかないぞ」

「ぷる~」

コブロ達にも手段はなかった。八方塞がりだ。

こうなってはどうにか人里を探すしかないだろう。

「とりあえず、ここからはなれよっか」

ウィルはそう言って周囲を見回した。それと同時に、空間が揺らいだ――。

「――《軍師《ぐんし》》は来なかった。なるほど、こういうことだからか」

気づけば竜の仮面を身につけた男が立っていた。

「えっ？」

「あいつはどうなった。捕らえておけと言ったのに、逃したのか？」

どうにか逃げられないかと周囲を見るが、どうしても男が逃がしてくれるビジョンが見えない。

「まあいい。《軍師《ぐんし》》が来なかったのと、脱走。二倍のペナルティを受けてもらおうか」

男はじっと、ウィルを見据えていた。


「副団長……。まあ、あんま気に病むなよ」

目を伏せて思考の海に飛び込んでいる副団長に、ベゴニアは声をかける。

「……ええ。わかってます」

しかし副団長はそう呟くのみで、悩むことを止めやしない。それは人攫いの要求に逆らって、所定の場所に行かなかったからだろう。

その選択が正しかったのか、副団長は考え続ける。

「待つだけって……しんどい」

「そうだな」

窓の外を見るシルクとウァードックも苦い顔だ。

全員で助かるために選んだ道とはいえ、失敗すればウィルがどうなるか。それを考えれば胸が張り裂けそうだった。

「コブロには信号弾を持たせてんだろ？　あいつらならどうにか合図をくれるはずだ」

「うん。そうだと、いいな」

シルクはそう同意しつつ、顔は晴れない。

コブロとイムという頼りになる眷属がいれば、ある程度の脱出は可能なはず。しかし敵が予想以上であれば、危うい。そんな現状であろう。故にベゴニアは立ち上がった。

「俺達には希望がある。それも二つだ」

重く悪い空気を払拭しようと、ベゴニアは言う。

「一つはコブロとイム」

それは非常に頼りになる二体の眷属だ。進化を果たした彼らには、信号弾を持たせている。

空に向かって撃つだけで、全員が駆けつける代物だ。

「そして二つ目。こっちが本命。そうだろ？」

そう言ってベゴニアは笑う。

二つ目の希望に、絶対の自信を持つかのような顔。否、実際にそうなのだろう。

ベゴニアは確信している。故に副団長を、行かせなかった。

「あいつがいれば、問題ない。頼りになる最高の仲間だ」

その希望が、ウィルを助け、《激獣傭兵団《げきじゅうようへいだん》》の面々を導いてくれるだろう——。

人攫いのボス。聖竜国から来た謎の男は、大凡《おおよそ》慈悲というものを持ち合わせていなかった。

相手が子供であることなど関係ない。《激獣傭兵団《げきじゅうようへいだん》》の関係者なら、赤子であろうと殺せる男だ。

故に彼は、ウィルに対して容赦などしなかった。

最短で殺さず、されど残酷に生かす。そのために剣を振るう。

「ウィル――！」

「ごしゅじん――！」

眷属達は間に合わない。大怪我を負ったコブロと、それに巻き付いているイム。ウィルとの距離がありすぎて、全力で走ったとしてもその剣を防ぐことはできないだろう。

詰みだ。この場の者には、どうすることもできない。

「――っ」

迫り来る剣先を、スローモーションになる視界で見つめていた。ウィルが同時に思うのは、死んではいけないという強い意志だ。

死を極限までに忌避するその心で、足掻こうとする。だが矮小な五歳児にできることなど、何もなかった。

「にゃはっ――」

だからそれをなすのは、駆けつけてくれた仲間だけ。

「──『黒渦』」

「むっ？」

男の剣は、突如として出現した真っ黒な渦に防がれた。

男の剣も、男自身も、全てを吸い込むかのような吸引力を持つその渦に、警戒して数歩引く。

「誰だ……」

気づけばウィルを守るように、人影が立っていた。闇に包まれ、その姿を完全に見ることはない。

夜の中で、その闇は一段と濃かった。瞳だけが光り輝き、じっと男を見つめている。

「ニャルコ……って言ったらわかるかにゃ？」

「ちっ《激獣傭兵団《げきじゅうようへいだん》》の団員か」

その名はもちろん知っている。復讐相手の名前を知らぬなど、ありえないから。

だが同時に、それ以上の情報はない。彼女が最近加入したメンバーなのもあるし、自らの情報を徹底的に隠しているのもある。

《激獣傭兵団《げきじゅうようへいだん》》の諜報担当。最も謎に包まれた少女。ただ《影猫《えいびょう》》という二つ名のみが知られた少女、ニャルコがそこには立っていた。

「君がウィル君。かにゃ？」

「う、うん」

「シャルにも団長にも頼まれてるしさ、まあ守ってあげるよ」

ニャルコはにっと笑う。すると、徐々に闇が晴れて人の姿が現れた。

それは可愛らしい少女だった。歳《とし》は十四程度だろうか。桃色の髪を揺らし、頭につくのは猫耳だ。動きやすそうな軽装と、切れ味の鋭そうな双剣。この戦場には似つかわしくないほど可憐《かれん》な猫獣人の少女が、闇の残滓《ざんし》を漂わせながら大胆不敵に笑っていた。

「ちっ。だがお前一人で俺に勝てるとでも？」

「んにゃー。それはちょいと厳しいかも」

その言葉は真実であろう。《激獣傭兵団《げきじゅうようへいだん》》の団員であれ、ニャルコは諜報担当。戦闘能力は高いとは言えない。

「ま、だから。こうするんだけどね」

そう言ったかと思えば、ニャルコは腰の銃を握って空に向かって撃ち放った。

それは信号弾。仲間を導くための、シルクが用意した切り札だ。

「これで団長達が駆けつけてくるよ。詰みだね」

「ちっ」

形勢は完全に逆転した。団長並びに団員達が集結すれば、国すら滅ぼせるだろう。

それをたかだか人攫いの一団にぶつけるという、不相応な対応だ。

「……なるほど。確かに奴らが駆けつけてくれば厳しいか」

「うんうん」

「だがここがどこかわかっているか？　王都から十キロ離れた古城だ！」

その言葉にウィル達は目を見開く。そんな遠くに来てしまったのかという驚きと、団長が駆けつけてくれるまでどれほどかかるのか、という絶望。

だがニャルコは笑っていた。

「それがにゃに？」

「俺の強さがあれば、奴らが駆けつける前にここにいる全員を殺せるということだ」

「にゃるほどにゃるほど」

男の強さは並ではない。あのルーデルクが百人いても勝つことは不可能だろう。

空間魔法を完璧に操る彼の力があれば、その言葉は現実となる。

「つまり私を舐めてるってことか」

「あっ？」

「私は弱い。けど一応《激獣傭兵団《げきじゆうようへいだん》》の団員にゃんだよね！」

その言葉と共に、ニャルコは走り出した。

「ぐっ！」

男の剣と、ニャルコの双剣がぶつかり合う。魔力が迸《ほとばし》る一合であるが、男はそれで確信する。

「ちっ。だが、俺の敵ではない！」

やはりニャルコという少女の強さは半端だ。ベゴニアやシャルノアといった戦闘員であれば苦戦していたが、ニャルコであれば問題はないだろう。

「そうかにゃ？　――『暗黒幕』」

「はっ――？」

だがニヤリと笑ったニャルコは、全身から闇を吹き出した。

攻撃力の一切ないそれに、男は一瞬困惑する。それでもすぐに、舌打ち一つで闇を払った。

「……これは」

闇が晴れれば、そこには何もなかった。ニャルコも、ウィル達も。全員が煙のように消え失《う》せる。

「闇魔法か……面倒くさいことをしてくれる」

属性魔法の一つ、〝闇〟は搦《から》め手が多く厄介な魔法だ。立ち向かってくる演技をし、油断したところで魔法で消える。何と狡猾《こうかつ》なのだろうか。

「……ふん。下らない。俺を舐めるなよ」

だが男は問題にしない。溜め息一つで、逃げた者を追い始めた。


「君がウィル君でしょー」

「う、うん。あなたが、ニャルコ？」

「そだよ」

その名はチラホラみんなから聞いていた。シャルノアの親友。諜報担当。にゃーんとよく鳴く可愛い子。その外見は十四歳程度。屋根の上でよく日向《ひなた》ぼっこをしている。など。

様々な評判があれど、総じてみんな頼りにしていた子だ。

「にゃんか帰ってきたら変なの拾ったとか言うし、助けてくれーって言われてさ。まあ君を捜してここに来たわけだよ」

「そうか。感謝する」

「うん。ありがとう」

どこに行ったか、わからないはずのウィルを捜したとサラっと言うニャルコ。

それこそが、みんなが頼りにする力なのだろう。

「それで助けにきたら、ヤバい奴いるじゃん。困っちゃうよねー」

「う、うん。あの人、知ってるの？」

「そりゃね。あれ聖竜国で一番強い奴だよ」

「ぷる！　一番かー。凄いなー」

なるほど。どうりで強いはずだ。

聖竜国という大国で一番強い奴なら、まずウィルが勝てるはずがない。

ニャルコですら魔法で逃げ出した以上、勝機は限りなく低いだろう。

「まあ、団長呼んだからそれまでこうして隠れてよ。ここなら、まず見つからにゃい」

ウィル達が連れてこられたのは、巨木の洞《うろ》だった。

唯一の入り口も闇で塞がり、ニャルコの持つランプ形の魔道具で光源を確保した即席の隠れ家だ。

「ほ、本当に大丈夫なのかい？　こんな木の洞程度で……」

「まあ大丈夫。大人でしょー？　少しはドッシリ構えておきにゃよ」

「そ、それは。そうだが」

親子は不安げに周囲を見ていた。命がけの逃避行《とうひこう》となればそうなるのも当たり前か。

「パパ……？」

「大丈夫だよ。安心して」

そんな親子の態度は普通だろう。落ち着いているウィルがおかしいのだ。

「あいつがどれだけ強くても、結局団長が最強だからねー。シャルもベゴニアもシルクもいるし」

「そっか。だったらいいけど」

王都からは遠く離れているとはいえ、団長達の身体能力であればすぐに駆けつけてくれるだろう。

それまで息を潜めていればウィル達の勝利だ。

「だから安し……うわぁ～」

安心しなよ、と言いかけたニャルコは、突然キョロキョロしだすと苦い顔をする。

そして何か気持ち悪いものを見たかのような声を上げて、立ち上がった。

そして次の瞬間――。

「――見つけたぞ」

巨木を横に真っ二つにした男が、じっとウィル達を覗き込んできた。

「しつこい男は嫌われるよー？」

「たった一人に愛されればいい。俺の妻はこの程度では嫌わないさ」

「純愛だね。私は嫌いだ」

そう言ったかと思えば、ニャルコは跳び上がって双剣を振るう。

実力差がある以上、実力を出させる間もなく速攻で倒す以外ありえない。

「ふんっ。俺を殺したければ《激獣《げきじゅう》》のロック・ディーを連れてくるんだな」

「団長は呼んだもん。あとは時間稼ぎ」

「させんよ」

剣と剣が打ち合った。しかし見ればわかる実力差。この男は、間違いなく強い。先手を取った程度で、勝てる相手ではないだろう。

「とりあえず、みんな離れるよ」

ここにいては戦闘に巻き込まれるし、配慮したニャルコが全力を出せない。

ウィルはこんな場であろうと冷静にそう言うと、全員を連れて木の洞を離れる。

「ウィル、団長は間に合うと思うか?」

「……ぼくたちも、手伝う」

天に祈るだけでは状況は変わらない。ウィル達も力を合わせ、団長が駆けつける時間を用意しないといけないだろう。ウィルはそれを、ちゃんと理解していた。

「ぷるー。だけどコブロ、もう戦えない」

「うん。だからぼくとイムだ」

「ぷる!」

現状戦力になるのはその二人だけ。豆鉄砲を放つ五歳児と、プルプルしたスライムだ。

本当に戦力になるのかと首を傾げるが、なるしかない。ならなければ死だ。

親子とコブロを巨木の陰に避難させて、ウィル達はニャルコを見る。

打ち合っているが、防戦一方。このままではすぐに押し切られるだろう。

「き、君。本当にあれに割り込むのかい？」

「うん。かならずみんなで助かろう。だから、待ってて」

そう笑って、背を向けた。

「何で、君は。そんなに強いんだ」

父親である男は、ウィルが理解できなかった。大人になり、父になっても、あれに立ち向かう勇気なんて湧いてこない。

なのにウィルは、この中で最も幼い幼児は、平気な顔して立ち向かっていた。

本当に、人間なのか。何かまったく別の怪物が擬態しているだけではないのか。そんな疑問が湧いてくるほどの規格外。ウィルとはどこから来た者なのだろうと、わずかに震える。

「ぼくは弱い」

「ぷる！」

ウィルは叫んだ。

「だから、がんばる」

「ぷるー！」

今のウィルに、できることなど何もない。魔力も制限され、矮小な五歳児の身であの頂点の戦いに割り込むなど無作法もいいところだ。

だが無作法で結構。大切なのは、全員で生き残ること。何をしても、生き残れるならそれでいい。

「ふんっ。雑魚が。調子に乗るな！」

「あー。こいつ強すぎ。団長いつ!?」

男とニャルコの戦闘は、明らかにニャルコの分が悪かった。軽口を叩きながら打ち合っているが、その実態は薄氷を踏むような戦闘だ。

故に一瞬の隙で、拮抗《きっこう》は瓦解《がかい》する。

「終わりだっ」

「ぶにゃ!?」

男の剣が鳩尾《みぞおち》を痛打し、大きく吹き飛び木に激突した。

どうにか致命傷は回避したが、ニャルコはもう立ち上がれない。

ニャルコが倒れたら次はウィルだろう。そしてイム、コブロ。親子。全員死ぬ。数秒程度で全滅だ。

「ふぅ――『魔弾』」

「イム、ぴすとる！」

だからその前に、ウィル達は動いた。

ウィルは豆鉄砲のような魔弾を。イムは己の体をちぎって飛ばす。

まるで子供のお遊戯。男にとってみれば雑音程度の悪戯《いたずら》だ。

「ちっ。鬱陶しい」

だがその雑音に、気を引かれることがある。

ニャルコに止《とど》めを刺す絶好の機会を放棄し、男はウィルに向かって走り出した。

「まずはお前を、殺してやる」

死が迫ってきた。ウィル達に大した手札はない。これは自ら死地に飛び込む愚行である。

わざと男を怒らせ、注意を向ける。それが怖くて怖くてたまらない。だがウィルは、それをなす。

そうしないとみんなで無事に、生きて帰れないと知っているから。

「イム！」

「りりーす！」

ウィルの号令に、イムはぷるんと跳び上がると、男の前に浮遊する。

そして一気に、大量の煙を吐き出した。

「なにっ!?」

それはルーデルクを倒した時の信号弾の煙。イムが吸収し、体内に貯蔵していた煙である。

そんな非常に透過性の悪い煙に包まれれば、いかに歴戦の猛者であろうと一瞬混乱する。

そうして生み出した僅かな隙に、ウィルは全力を放った。

「ふぅ。少し、少しだけ……ぼくはっ」

命を失わないギリギリのライン。決して使うなと言われた力を、ウィルは一瞬だけ解放した。

ウィルの可能性。ウィルの中に眠る、まだ操れない魔力を無理矢理解放する愚行。

二度とやるなと言われたそれは、今ならギリギリ死なないラインで使えるはずだ。

『魔弾』！」

煙に包まれて一瞬だけ動きを止めた男に対し、ウィルは一発の魔弾を放つ。

それは豆鉄砲ではない。ウィルが成長し、修業を積んだ末に操れる、全てを消し飛ばせる魔弾だ。

「ぐふっ……ごほっ、ごほっ」

「ごしゅじん!?」

だがその力を使った代償は大きい。次使えば死ぬと言われた、ウィルの中に眠る可能性だから。

「だいじょうぶ」

しかしウィルは死ななかった。死ぬと言われた力を使っても、ちゃんと生きている。

「今なら——まりょく、ふうじられてる！」

その理由は、現在掛けられている〝魔力封じ〟だ。

本来であればその力を使った瞬間魔力が暴発《ぼうはつ》し、決壊するように溢れ出て肉体が崩壊するはず。

しかし魔力封じをくらい、なおかつ解けかけている状態故に、制御できない力を使いながらもそれ以上魔力が溢れ出ることはなかった。まさに魔力封じを逆手に取った荒技だ。

「ごしゅじん……でも、危険なこと、するな。もし失敗してたら……」

イムの言うとおり、これはあくまで憶測だ。失敗すれば死は免れない愚行。

それをウィルは、命をベットして賭けに出た。そうしなければ、男を倒せないと知っているから。

「ぼくはだいじょうぶだったよ。それより、あの人は……」

倦怠感《けんたいかん》と吐き気程度で済んだウィルは、それを無視しながら煙の中を睨む。

あのデッドボアを消し飛ばした魔弾をくらったはず。

いくら強者であろうと、相応の被害は受けていなければおかしい。

「……なるほど」

煙が風に乗って晴れて行く。

「少しばかり、油断したな」

そして男は、貫かれた右肩を押さえながらウィルを睨んでいた。

「防ぐ手段はあった。しかしガキだと侮った。これは俺の落ち度だ」

それはウィルが果たした大戦果。圧倒的強者の驕《おご》りを掬《すく》い、そこを全力でついた故の成果だ。

魔力封じをくらっているせいで前より威力は下がったが、それでも男の利き手を封じた。

「まあ——所詮は子供の遊戯だ」

しかし男は、ウィルに付けられた傷跡を押さえ、そう言って笑う。

確かに打撃を与えた。右肩を貫いた。しかし男はそんなこと問題にしなかった。

この程度の傷で倒れるなら、こんな所には立っていない。ニャルコすら勝てないと断言する男を倒すには、足りないものが多すぎた。

「お前のようなガキがいたことを、覚えておいてやる」

左手に剣を持ち替え、男は振りかぶる。

「全て、無駄だったということと共にな！」

ニャルコはもう、立ち上がれない。助けてくれる者はいない。希望はどこにもないのか。

詰みか——いいや、否だ。

「——そんなこと、ないかもしれんで」

それは風と共に現れ、凄《すさ》まじい衝撃で迫り来る剣を弾いてくれた。

ウィルを守るように立ち、ニヤリと笑う頼れる最強。それが獰猛《どうもう》な笑みと共に男を睨んでいる。

「お前は！　《激獣《げきじゅう》》！」

《激獣傭兵団《げきじゅうようへいだん》》の最も頼れる最強の団長。突如現れた団長に、男の余裕は消え失せた。

「ウィルが生み出した僅かな時間が、何かを変えるかもしれへん。その結果がここに立ってるワイや」

「……だんちょー？」

「よう、頑張ったな」

団長はそう言ってにっこりと微笑《ほほえ》む。その笑顔に、ウィルは心の底から一息ついた。

もう大丈夫だ。とっても強い団長。《激獣《げきじゅう》》のロック・ディーが来た以上、不安なんて微塵《みじん》もない。

しかし団長だけではなかった。団長だけでも過剰戦力だと言うのに、次々と現れる団員達。

「だー。やっと追いついた！　団長速すぎっすよ」

空からそう言いながら降ってきたのはシャルノアだ。

「そう。リルで追いつけないとか化け物すぎる」

リルに騎乗したシルクが、木々を倒壊させながら現れる。

「まったくです。ほら降りてください」

「むぐっ」

「ごほっ」

続いて空間に穴を空けて出てくるのは副団長。そしてそこから蹴り飛ばされるようにウァードックとベゴニアも現れた。

「おおウィル坊。無事か！」

「お前に怪我でもあったらシルクに怒られちまう。もちろん、無事だよな？」

地面に転がろうとも、瞬時に起き上がってウィルを案じる二人。

ここに集結したのは《激獣傭兵団《げきじゅうようへいだん》》の面々。最強の団長。まとめ役の副団長。問題児だらけの団員。

だが一様に、頼りになる最強達がウィルを助けるために集結していた。

「さて。あなたがとても強い人であるのは知っています。しかし――私達全員と戦って勝てると思いますか？」

「……ちっ。一人に何人も。卑怯者《ひきょうもの》共が」

「子供を人質に取る屑《くず》には言われたくないっすね～」

「そう。お前は許さない。私のウィルに手を出した者は、万死に値する」

取り囲まれ、逃げ場はない。形勢は完全に逆転した。

そんな中で、団長はゆっくりと男に向かって歩む。その目に映るのは殺意だ。

「ワイの仲間に手え出した奴は生かして帰さん。そう決めとる」

「……くそっ。ここまで、ここまでやったというのに！」

あと少しだ。あと少しで、最低限の成果は挙げられた。ニャルコとウィル。二人を殺せば取りあえず納得できただろう。なのにそれを阻まれた。男は屈辱のあまり、目尻を吊《つ》り上げる。

「まあいい。今日は引いてやる」

囲まれて、逃げ場はない。しかしそれは普通の人間の場合だ。

空間魔法を操り、自在に移動できる男にとってみれば逃げ場などいくらでもある。

「次は必ず殺す。『転――」

「――逃がさんゆうとるやろ！」

しかし、空間魔法によって逃走を図った男を、団長はぶん殴ることで強引に止めた。

体が泡のように消えかけていた男は、団長の拳をくらい、ボロ雑巾のように地面を転がる。

「ぐ、はっ」

「空間魔法って面倒くさい魔法や。けど、発動する前に潰せばええ」

それは圧倒的強者にのみ許された暴論だ。

一秒とかからずに発動する転移を、発動する前に止めればいいなどと誰が言える。

そんな暴論を現実にできるのが団長だ。

「くっ、そっ」

「何人も人攫って、売り飛ばして。ワイの仲間にも手え出して。生きて帰れる思うなよ」

団長は恐ろしいほどの魔力を放ちながら言った。牙を見せながら獰猛に笑い、それを一身に受ける男からは、仮面越しでも恐怖していることが伝わってくる。もはや運命は決まったようなものだ。

「団長強すぎだ。俺達がやることねえぞ」

「そう。団長だけで過剰戦力。ウィル、大丈夫？」

「うん。なんとか」

「あ……お、お腹怪我してる？　す、すぐ治療しないと!?」

団長の戦いを尻目に、真っ先に駆けつけてくれたシルクはウィルを抱きしめながら案じてくれる。

そして怪我に気づき大慌てだ。薬を呼んで医者を飲ませないと、と慌てながら右往左往した。

「はぁ。あなたが慌てちゃしょうがないですよ。ウィル君、お薬です」

どうにかシルクを落ち着かせた副団長が治療してくれる中、戦闘は佳境《かきょう》に入る。

団長が絶対的に有利という戦況であり、あんなに恐ろしかった男が大地に転がっていた。

「さて。何か言い残すことはあるか？」

「げき、じゅう――は。全員、殺す」

「怖いこと言いよるな」

だがその復讐心でここまでやり、死を目前にしても貫くならば立派なものだろう。

「次は、じゅんび、を。整える」

「次はないで」

次を求める男に、団長は冷たく言い放つ。

「いいや――あるさ」

「っ――！」

男は星空を見ながら、薄く笑う。そして全身から、魔力を発した。

「自爆するつもりか!?」

それは指向性のない魔力の光だ。魔力を暴走させて爆発させる、己も、敵も、全てを巻き込んで破滅させる最終手段。

躊躇なくその手段を取るなど、どれほどの復讐心があればできるのか。

「ソルレオ！　守れ！」

「理解していますっ！」

団長も副団長も、初めて顔色を変えた。

咄嗟《とっさ》に魔法を発動し、全員を守る副団長。そして己の身は己で守る団長。

「ちっ。面倒くさいことしよるな」

魔力を暴走させての自爆。それは殺して止まる簡単なものではない。

ならどうするか、簡単だ。唯一の対処法は、何もしないこと。

確かに男が全力で自爆すれば周囲一帯は吹き飛ぶかもしれない。

だがこちらは、それを簡単に防げる化け物がいる。

「『空間操作』」

世界有数の空間魔法の使い手、《軍師《ぐんし》》ソルレオ・ロゼロにとって、その自爆は己の魔法で防げる範囲内だ。戦闘力は低くとも、防御力は《激獣傭兵団《げきじゅうようへいだん》》でも随一。

周囲の空間をねじ曲げ、全ての衝撃を空へと逸らす道を作る。

「……くそっ」

「あなたは勝手に一人で死んでください」

無駄だと悟ったのだろう。だがもう自爆は止まらない。男が生み出した爆発は、副団長の魔法によって空へと逸れていく。

ウィルはシルクに抱きしめられながら、その光景を見送った。

「悲しい……目」

たった一人で消えゆくその男の目に、ウィルはそう零《こぼ》してしまう。

そしてゆっくりと、シルクを見た。

「ん。どうしたの？」

「ううん。ししょーは。きれーな目」

「……なに、突然」

この状況で急に目を褒められたシルクは困惑しつつ、照れてしまう。やはりウィルは少しズレているところがあると、その頭を撫でた。


爆発が収まり、周囲に平穏が訪れたところでベゴニアが動き出す。

「……終わったか。団長、副団長。ご苦労さん」

「私はただ防いだだけです」

「ワイもちょっと小突いただけやで」

「あんな強い奴と戦ってそう言えるのはあんたらだけだよ」

どこまでも最強の団長と、大規模自爆を涼しい顔して防いだ副団長。やはり《激獣傭兵団《げきじゅうようへいだん》》のトップが二人で良かった。

「それよりや。みんな大丈夫か？」

賞賛はほどほどに、団長は仲間達を気に掛ける。

「ウィルは取りあえず応急処置は完了」

「ニャーコもちょっと意識失ってるけど、大丈夫そうっす」

シルクがウィル、シャルノアがニャルコを診て、問題ないと頷く。

「こっちはコブロが重傷だぜ。取りあえず回復薬ぶっかけてイム巻き付けてる」

「世話をかける」

「ぷる！」

この中で一番の重傷はコブロであろう。しかし応急処置を終わらせ、イムが包帯代わり。あとは医者に連れて行けば問題ないはずだ。

「命に別状がないようで良かったわ。ウィルもニャルコもコブロもイムも。みんな、頑張ったな」

全員の無事を確認してから、団長はそう総括する。特に五歳児の身で大活躍のウィルは頭をわしゃわしゃ撫でる特別対応だ。

「んでだ。お前達は何だ？」

「「ひいっ」」

そして視線は隅っこの方で震えていた親子へと向く。

一気に状況が変わり、とんでもない戦闘を見せつけられた一般人はもはや震えることしかできない。

「あ、その人たち、つかまってた、人！」

「！　ってことは重要参考人ってやつっすね。人攫いの残党はまだ生きてるっすよね。全滅させるっす。ついでにバス公爵も失脚させるっす。協力するっすよ！」

「「ひいっ！」」

とんでもない勢いで迫ってきたシャルノアに、さらに怯《おび》えを見せる二人。

外見は可愛らしい少女であるが、一般人からすれば《激獣傭兵団《げきじゅうようへいだん》》など全員化け物だ。

ブルブル震えながらシャルノアから後ずさる。

「こら。一般人を怖がらせちゃあかんで。すまんな。この子はちょっと自分勝手なところがあるんや」

「「ひょえー!!」」

そう笑顔で迫ってくる団長に一番の悲鳴を上げ、二人共泡を吹いて気絶した。

「……何でやねん」

「団長……魔力発してるし。顔すっごい怖いし」

「しょぼーん」

どれだけ優しい言葉を掛けようと、牙を見せながら笑ってくる大柄な獣人がいれば怖いものだ。

それが恐ろしいほどの魔力を放っているとなれば尚更《なおさら》。

団長はその事実にショックを受けて膝を突いた。可愛らしい人である。

「はあ。取りあえず事後処理は面倒ですよ。しかし今がチャンス。人攫いを全員捕まえ、その悪事を白日の下に晒してやるのです！」

そう奮起した副団長の号令で、全員は動き出した。


「はぁ、はぁ。くそがっ」

どこまでも深い森の奥。そこには竜の仮面を身につけた男が、全身の痛みを堪えながら歩いていた。

「失敗した。全部だ。何の成果もなし。被害だけが積み上がった。くそがっ」

それは先ほど自爆したはずの男だ。次は殺すという言葉通り、自爆は偽装。爆発に乗じて逃げてきた。だが全身ボロボロだ。もはや生きているのか怪しい。死にかけの身で、命からがら逃げ出したような惨状であろう。

「どこから始まった……あのガキだ」

そして男は自問自答する。全てが狂った元凶。《激獣傭兵団《げきじゅうようへいだん》》の見習い。

「自爆の痛みも、《激獣《げきじゅう》》につけられた痛みも軽い。この右肩の痛みが、重い」

一番小さく、矮小な存在につけられた傷が最も痛かった。

あそこから全てが始まったのかもしれない。ウィルがあそこで足掻かなければ、ニャルコは死に、瞬く間に全員殺せていただろう。

「そもそも魔力を封じて閉じ込めたのに、逃げたのがおかしい。何なんだよ、あのガキはっ！」

思えば最初からおかしかった。

魔力を封じ、頑丈な地下室に閉じ込めた。普通に考えて五歳児がそこから逃げ出せるはずがない。

だがウィルは逃げた。どんな手段を使ったかは知らないが、普通の五歳児ではありえない。

「あいつは、どこから来たんだ。くそっ、今のうちに、消さねばならなかった」

ただそれだけはわかる。もしウィルを殺せていれば、将来《激獣傭兵団《げきじゅうようへいだん》》は大きく弱体化しただろう。だがウィルが生きて成長すれば、恐ろしい戦力になる。それは間違いない。

「やはり。一人では、駄目だ。戦力がいる」

これから先、強大になるであろう《激獣傭兵団《げきじゅうようへいだん》》を滅ぼすのに、一人では不可能。

一騎当千の化け物が集った集団。特に団長である《激獣《げきじゅう》》、基本不在の戦闘狂《雷撃《らいげき》》、残忍無比のイカれた《血海《けっかい》》、最強の剣士《天剣《てんけん》》、世界一の召喚士《幻獣姫《げんじゅうひめ》》。

高い戦闘力を誇る彼らに加え、ウィルが成長すれば大国すら滅ぼせる一団になりかねない。

「戦力を集める。金だけでは駄目だ」

男にあったのは金だけだ。それで設備を整えたが、人がいなかった。

貧民街の屑を人手として使ったが、それでは駄目だ。本国の、聖騎士達を動員するしかない。

「爺共を説得せねば。面倒くさい。だけど……どんな道を行こうと、ルティナ。君の仇《かたき》を、俺は討つ」

男はそう呟いて、体を引きずりながら歩き出した。

エルジェリア聖竜国において最強と謳われた男。妻の仇を討つことだけが生きがいの男。

最も愚かな最強。《勇者《ゆうしゃ》》と称された男は、己の間違った道を信じ歩んでいた。


ヌーデリア王国公爵家。ベルラント・バス公爵を人々は最も幸運な男と言うだろう。それは六年前に迫った帝国軍。王国を破壊し尽くした彼らのおかげで、幸運にもその地位を手に入れたからに他ならない。そんなバス公爵は、邸宅にてワインを片手にくつろいでいた。

「さて。あの愚かな傭兵団は滅んだかな」

穏やかな時の中で思い描くのは、バス公爵の邪魔しかしない傭兵団が滅んだか否かだ。

懇意《こんい》にしている人攫い集団が討伐すると聞いてから、いつ滅びるか楽しみに待つ日々。

それは国を守護する傭兵団を、ただの邪魔者だと一蹴する愚か者の姿だ。

「私に楯突《たてつ》く者は全員処刑だ。それにあいつらが消えればいろんなことがやりやすくなる」

悪事を働く者達にとって、《激獣傭兵団《げきじゅうようへいだん》》は目の上のたんこぶだ。

金を渡せば全て黙認してくれる騎士団がある国に秩序があるのは、金が通じない《激獣傭兵団《げきじゅうようへいだん》》がいるから。

雇い主である国王の言うことすら聞かない、自分勝手な傭兵団が秩序をギリギリで保っているのが現状だ。そんな傭兵団さえ消えれば、バス公爵はもっと自分勝手にできる。

気に入った平民を適当に攫って奴隷にしようと、罰せられることもないだろう。

棚からぼた餅のように手に入った地位を、どこまでも使い潰す欲だけが彼にある全てだ。

「人攫い共に経過でも聞くかな」

そう笑ってワインを口に含んだ瞬間だった。

「──その必要はないっすよ」

「はっ？」

それはあまりに自然に扉を開けて、部屋に入ってきた。

「人攫いは壊滅させた。お前はもう終わり。覚悟しろ」

「そうっすね。でも王国法で裁くらしいっすから、一応安心するっす」

ノックすらなく入ってきたのは、二人の恐ろしき少女。

一人は残虐無比ともっぱら噂《うわさ》のシャルノア。一人はキレたら一番恐ろしいと噂のシルク。

《激獣傭兵団《げきじゅうようへいだん》》の団員二人が、許可一つなくバス公爵の私室に入ると勝手にソファーに座り出す。

「ぶ、ぶ、ぶ、無礼者！　この私を誰だと心得る。バス公爵家の当主であるぞ！」

「……それ以外の台詞《せりふ》ないの？」

「この豚にそれ以外なんてないっすよ」

「それもそっか」

二人には公爵家の威光がまるで通じていなかった。それもそうか。どれだけ偉かろうと、指先一つで消し飛ばせる存在を恐れるわけがない。

「くそっ。騎士はどこだ！　こいつらを殺せ！　私の屋敷に勝手に侵入しおって。死刑だ」

「騎士はもういない」

「邪魔だったんで転がしといたっすよ」

「っ――」

どれだけ叫ぼうと、助けが来ない。いつもであれば一声で集まる騎士達がだ。

その事実が、彼女達の言葉を肯定する。こんな化け物を前に、守ってくれる者は誰もいなかった。

「取りあえず本題に入るっすか」

「うん。人攫いを壊滅させた。そしたらお前が人攫いと取引した証拠が山のように出てきた。言い訳はしないことをお勧めする」

「し、知らん！　そんな平民共の持っていたものなど偽物だ。私を陥れようとしているのだ！」

シルクが提示したのは、バス公爵が人攫いから奴隷を購入した時に交わした契約書の数々。

サインや判が押してあるが、それを見てもバス公爵は白を切った。

「あー。もう無理っすよ。この屋敷の地下、さっき見てきたんで」

「な、何だとっ……」

その言葉を聞いた瞬間、バス公爵の顔は絶望に染まる。さすがに地下室を見られては言い訳など不可能だ。

「地下に奴隷やら魔物やら。閉じ込めてるっすね」

「しかも地下室はここ最近造られたもの。一瞬にして地下室を生み出すのは、聖竜国の技術」

「そうっすね。帝国もその技術を持ってるっすけど、聖竜国は魔法を利用した建築を最も熱心に研究してるっすから。それで造ってもらったたってことっすかね」

「ひっ。し、知らん」

もうそんな言葉は通じないと知ってなお、現実逃避するようにバス公爵は首を振る。

だがシルクとシャルノアは同時に立ち上がると、バス公爵に迫った。

「騎士団もこの後掃除する予定。お前を助けてくれる者は、誰一人としていない」

「取りあえず、これ以上の言い訳は牢屋の中で聞くっすよ」

「ま、待て！　私はバスこうしゃ――」

「あー、はいはい。取りあえず黙るっす」

土でできた手枷や口枷でバス公爵を拘束して、床に転がす。最後まで醜く足掻く彼に、シャルノアは溜め息をついた。

「この国は、こういうのが多すぎる」

「そうっすね……やっぱ戦争ってクソなんすよ」

「それは違いない」

結局こんなのがのさばっているのは、六年前の戦争が全てだ。

当時のバス公爵家の当主、跡取り、その予備。纏めて戦死し、残ったのが無能すぎて後方で震えていたこの豚公爵だ。

そんなことがあちこちの貴族家で起きた結果、本来当主になるはずがなかった者がのさばった。

騎士団の腐敗はもう少し事情があるとはいえ、有能なのが全員死んだからに他ならない。

つまり戦争さえなければ、もっとマシな国だったのだ。

全ては突然攻めてきた帝国軍の責任とも言える。

「六年前からいろいろ始まってるんすよね」

「そうだね」

この国がおかしくなったのも。《激獣傭兵団《げきじゅうようへいだん》》が聖竜国に恨まれるようになったのも。

全部六年前の二つの戦争が原因だ。

「ウィルって五歳ぐらいっすよねー」

「何が言いたい？」

「……何でもないっすよ。考えても意味がないことっす」

六年前の動乱。その時に生まれたのがウィルであるなら、その規格外の魔力量なども何か関係があるのかもしれない。だがそれは、考えても仕方ないことだ。結局ウィルは、ウィルなのだから。

「この国を綺麗にする。ウィルが、ちゃんと育ってくれるように。ウィルの生まれがどうであっても関係ない」

「そうっすね」

ウィルは大切な見習いだ。大切な、傭兵団の子だ。

二人はそう言いながら、バス公爵を引きずって歩き出す。

取りあえず人攫いに関わっていた貴族と、黙認していた騎士は処分する手はずだ。

そうしてウィルが綺麗に育つような国にしたい。それがシルクの、思いであろう。

エピローグ　傭兵団の子

ふと、昔の夢を見ることがある。

まだ老人の下で生きていた頃。殴られ、罵倒され、働かされる日々。今見ているのも、そんな悪夢だ。

老人はウィルを殴るのが趣味だった。悲惨で無慈悲な暴力の中、かけられた言葉はよく覚えている。

『お前のような化け物を、愛す者などいるはずがないだろう！』

老人はよく、ウィルを否定していた。暴力を振るいながらも、ウィルに怯《おび》えるようにそう言う。

『あの化け物がお前を連れてこなければ良かった。そうでなければ、お前なんぞっ！』

やはり、何かに怯えていた。それはウィル自身にか。あるいはウィルを連れてきたという化け物にか。もしくは両方か。

ただ、ウィルを怯えるように見るその瞳だけはよく覚えていた。

『お前は愛されないのだ！　たった一人で野垂れ死にするだけが末路だ。この、化け物め！』

そう言って、老人はウィルを殴る。

だが殴られた痛みより、愛されないと言われた痛みの方が大きかった。

だってそれが、ウィルの求めてきたものなのだから。

死んではいけない。そう誰かに言われた気がする。

愛してくれる人を見つけて。そうも言われただろう。

いつ言われたかは覚えていない。だがそれがウィルの根底にある全てだ。

『ぼく、は……』

だからそれを否定されて、涙が溢《あふ》れた。頬を打つ痛みではなく、胸を抉《えぐ》る痛みだ。

この日、ウィルはどうしただろう。確か寒空の下、泣きながら食器を洗っていただろうか。

命じられるままに仕事をし、泣いて、泣いて。泣き続けた。

そんな過去の自分を俯瞰《ふかん》的《てき》に見つめる夢。

『……ちがうよ』

だから、今の自分が否定する——。

『愛してくれる人がいたんだ』

『えっ……？』

『一度、死にかけるかも。でも、ちゃんといた。死にかけたぼくを、助けて、愛してくれる人が』

人生には絶望しかないと思っていた。

路地裏で死にかけた日、夢見ていた全てを手に入れられぬままに永眠するのだろうと思っていた。

『みんなやさしい人ばかり。あの人の言葉はね、全部うそ。ちゃんと、愛してくれる人はいるよ』

『そう、なの……？』

『うん。そうだよ』

『……そっか』

その言葉に、過去のウィルは涙を浮かべながら笑っていた。

今のウィルも、また笑った。

『幸せ……？』

『もちろんだよ』

『そっか……そっか！』

もう二度と、この悪夢を見ることはないだろう。全てが吹っ切れたから。

人生にはちゃんと光があるとウィルは知った。

血の繋《つな》がらないウィルのために、必死になってくれる仲間がいる。

だからウィルは、そんなみんなに迷惑をかけたくなかった——。


「ゆめ……」

朝日がウィルを起こした。胸元を見れば、スライム形態のイムが眠っている。壁際を見れば、立ったまま眠ったコブロの姿がある。

どうやらいつもより早く起きてしまったらしい。

「んー。おきよ」

眷属達《けんぞくたち》を起こさないようにそーっと立ち上がり、着替えて洗面所に向かう。

その後はキッチンだ。多分唯一起き出しているウァードックが朝食の準備をしているはず。

そう思ってキッチンに向かえば、やはり彼は一番に起きていた。

「ん、ウィル坊。今日は早いな。おはよう」

「うん。おはよう。手伝う」

「そりゃあ助かる」

こうやってウァードックのお手伝いをする。それがいつもの日々だ。変わらぬ幸せな日々。

「人攫《ひとさら》い騒動な、ようやっと片付いたって昨日副団長が言ってたぜ」

「そうなんだ。時間かかったね」

「ああ。バス公爵やらが関わってたからな。それらを逃がさないために必死に手回ししたらしい」

「さすがふくだんちょー」

やはり副団長はとても頼りになる、傭兵団《ようへいだん》になくてはならない人だ。そういう手回しなどは副団長以外はできまい。他のメンバーだと取りあえず暴れて解決する人達ばかりだ。

「あー。なんか良い匂いっすね」

「うにゃー」

暫《しばら》く料理をしていれば、寝ぼけ眼のシャルノアとニャルコがやってくる。

寝間着のままだが、良い匂いに釣られて来たのだろう。

「今日は体に良いスープだ。昨日副団長が事後処理を全部終えたからな」

「えー。肉も食いたいっす」

「少しは副団長の体調気遣えよ」

「ぶー」

やはりシャルノアはどこまでも自分のことしか考えていない。だがそれが彼女の個性だとウィルは思う。それにシャルノアにはお目付役がいる。

「ま、スープも良いじゃん。美味《おい》しそうにゃ匂いだし」

「それもそうっすね」

「にゃーん」

そうやってシャルノアを窘《たしな》めてくれるのがニャルコだ。外見から推測するに十四歳程度だが、とても大人びている。たまに猫みたいな仕草をするのが、唯一の年相応だ。

「うーし。できた。全員呼べー。シャルノア、ニャルコ、さっさと顔洗ってこい」

「にゃいさー」

「お腹《なか》すいたっすー」

そう言って去っていく二人を尻目に、料理をワゴンに並べる。

そしてウァードックと共に慎重に、ワゴンを押しながら食堂へと運んでいった。

「お、飯できたん？」

「腹ぺこ」

食堂には、そろそろ朝食だろうと予想して着席していた団長とシルクがいる。

団長は牙を見せながら大きな舌でベロベロ唇を舐《な》めていた。

そして昨日も忙しく人攫いの後処理をしていたシルクは、朝から腹ぺこらしい。

「お。良い匂いだな」

「ベゴニア……汗臭えぞ」

続いて朝の鍛錬を終えたベゴニアも、食堂に入ってくる。半裸であり、汗を掻《か》いた彼にウァードックはジト目である。一番遠い席に彼の食器を並べる徹底ぶり。

「剣振ってたからな。やっぱ人間修業だろ」

「ライネルみたいなこと言うなよ」

「いやあの馬鹿と同じにするなよ」

「ベゴニアも、ライネルも同じぐらい馬鹿だと私は思う」

「はっ？　いやあいつは俺の十倍馬鹿だからな！」

シルクからもそう言われて、オーバーリアクションで否定するベゴニア。どうしてもライネルと一緒にされるのは嫌らしい。そこまで言われるとは、どんな馬鹿なのだろうか。

「そのライネルですが、今度帰ってくるそうですよ」

とそこで、寝癖交じりの副団長がやってくる。いつもはキッチリしているが、昨日は遅くまで仕事をしていたから少しセットが雑だった。

「あいつ帰ってくるのかー。また何かやらかしそう」

「ウィルを紹介する。あれは馬鹿だけど、良い馬鹿」

「そんな散々言うことないやろ。あいつ確かに馬鹿やけどさ」

「団長も馬鹿だって思ってんじゃねえか」

基本不在の風来坊。ライネルに対して酷《ひど》い言いようだ。団長すらもそう言うということは、多分本当に馬鹿なのだろう。

「間に合ったー！　ライネル帰ってくるんすか？」

「にゃー。めんどいことが起きそうだよ」

そして顔を洗って着替えた二人がやってくる。

これで屋敷にいる《激獣傭兵団《げきじゅうようへいだん》》の全員が揃《そろ》った形だ。

「ご、は、んっす！」

「にゃ。魚がある」

親友であるというのは本当らしく、二人とも仲良く並んでフォークを手に取る。

特にニャルコは、好物の魚があることで目を輝かせていた。

「ぷるー。ご飯ー！」

「寝坊してしまった。不覚だ」

最後にイムとコブロが到着すれば食事の時間である。

大きなテーブルを囲んで、ワイワイ話しながらの朝食。それはウィルがずっと求めていた幸せな時間だ。

副団長が祈りを捧《ささ》げようとして、誰も言うことを聞かなかったり。シルクとシャルノアがおかずを取り合って喧嘩《けんか》したり。ニャルコが魚に夢中になって、ベゴニアは酒を求める。団長は健康重視の朝食に物足りなそうで、ウァードックはそんなみんなを見守っている。

そしてウィルは眷属達と並んで食事。窓の外を見ればフェンリルのリル。その隣にはあまり召喚されないシルクの眷属である残り二体も一緒に食事をしていた。

「幸せ、だな……」

昔の自分に話しても信じてはくれないほどに、幸せな日々。

それをウィルは噛《か》みしめていた。二度と忘れないように、ずっと、ずっと。

その日はいつもの日々をウィルは過ごした。家事をして、鍛錬をして、みんなと交流する。たわいもない日常を過ごせば、あっという間に夜が来た。

「んー。むずかしいな」

夕食を食べて、風呂に入って。そうして一人の時間になれば、ウィルはそう唸《うな》りながら机に向かう。

魔道具の明かりが淡く灯《とも》す部屋の中で、ウィルはペンを片手に悩んでいた。

「どうしたのだごしゅじん……？」

「んー。ちょっとね。お手紙を」

「ぷる？」

その言葉に首を傾《かし》げたイムは、ひょいっと背後から覗《のぞ》き込む。

まだ練習途中の汚い字で書かれていたそれに、イムは目を見開いた。

「えっ。これって」

「うん。そう」

「今日なのか？」

「うん」

イムはとても悲しそうな目でウィルを見た。

「イムはごしゅじんとずっと一緒。でも、これはだめだと思う」

「イム？」

「それは、約束と違う！」

捻《ひね》り出すように、イムは言った。どこか鬼気迫る顔でウィルの肩を掴《つか》む。

「やくそく？　やくそくってなに？」

「それは……何だろ。でも、とても大切なもの。その、はず」

イムは約束と言った。そして今のウィルの行動は、約束と違うと。しかしその約束が何なのかイムは理解していなかった。そんなイムの言葉に、ウィルは首を振る。

「もう、決めたんだ」

「ごしゅじん……」

「今日は、召喚しない」

「ぷるー……」

その言葉と共に、イムは消える。最後まで悲しげなその瞳に心を痛めながら、ウィルはイムを送還した。眷属を送還するのは久しぶりで、少しガランとした部屋に寂しさが募る。

「……俺も、一旦送還された方がいいか?」

「コブロ……うん」

部屋の隅で目をつぶって立っていたコブロは、片目だけ開けてそう言った。

「はぁ。ウィルが馬鹿なことを考えているのはわかる」

「ばかってなに」

「大人にでも叱ってもらえ。俺は寝る」

溜《た》め息交じりにそう言うと、コブロの姿は泡のように消えた。

ウィルが送還する前に、自主的に帰って行ったらしい。

眷属達が待機する異空間へと帰って行ったイム達。誰もいなくなった部屋で、ウィルはまた机に向かった。

「お手紙……むずかしいな」

そう言いながら、必死にペンを走らせた。

夜九時。寝る時間だ。しかし窓辺から外を見ながら、ウィルは何かを待っていた。

ベッドは綺麗《きれい》に整えられ、そこで眠る気がないかのよう。部屋の隅に置かれた背負い袋以外、私物が一切ないのも違和感だ。そんな場所でウィルはただ待ち続けた。

「そろそろ、かな」

壁にかけられた時計は、シルクがプレゼントしてくれたもの。それは夜の十二時を指していた。

この時間であれば副団長が眠りにつき、屋敷は完全に寝静まる。

そうなって初めて、ウィルは立ち上がった。

「よし」

小さく呟《つぶや》くと、リュックを背負って外に出る。

いつもの廊下。今朝方掃除したので綺麗であるが、今後もこれを維持できるのか。それが問題だ。

足音は一切立てない。少しでも物音がすれば、屋敷の者が全員起きて侵入者狩りを始めるためだ。

この歩行術は、一昨日ニャルコに教わったもの。

そんな技術を駆使して屋敷を脱《ぬ》け出し、ウィルは庭に出た。ここまでくればもう大丈夫だ。

足音を立てず、されど素早く走り出す。そして門の前までたどり着くと、小さくウィルは呟いた。

「さようなら……」

ウィルは、この屋敷を出て行くところだった。

誰にも言わず、たった一人で。そうしなければ、引き留められるから。

優しい彼らは、ウィルの存在がリスクであると知っても置いてくれるだろう。だがそれでは駄目だ。

彼らの優しさに甘えて、《激獣傭兵団《げきじゅうようへいだん》》の弱点となるのは許されることではない。

「今まで、ありがとう」

この数ヶ月間、ウィルはいろいろなものを与えてもらった。特に魔法の技術。これがあれば、一人でだって生きていける。だから、感謝と共に出て行くのだ。

しかし――。

「――何がありがとうだ馬鹿」

門を潜《くぐ》ればベゴニアがいた。仁王立ちし、寒空の下ウィルを睨《にら》む。

それにウィルはビクっと体を震わせながら、ベゴニアを見つめた。

「っ、なんで」

「お前のことなんてお見通しだよ」

数ヶ月程度の関係であるが、ベゴニアには全部見抜かれていた。

ウィルがこういう行動を取ることぐらい、わかっていたのだろう。

「大方迷惑をかけたから出て行きますってところだろ？」

「うん。ぼくが弱くて、さらわれて、めいわくかけた。ごめん」

呆気《あっけ》なく攫われ、《激獣傭兵団《げきじゅうようへいだん》》を滅ぼすための人質とされた。

自分のせいだと、ウィルは自責する。副団長に、ウィルは傭兵団にとってのリスクにしかならないと言われたのに、それを理解していなかったのだ。

この優しい人達の弱点になるなど許されることではない。故にこうした行動を取った。

「お前ってさ。ライネル以上の馬鹿かもしれねえな」

しかしベゴニアは、その行動を否定する。

「ばーか」

「あうっ」

そして軽いデコピンが、ウィルの額に炸裂《さくれつ》した。

「まだ幼児のくせに迷惑かけたとか、馬鹿なこと言うなよ！　お前まだ五歳とかだろ？　迷惑かける歳《とし》じゃん。存分に迷惑かけても何も言われない歳じゃん！」

「でもっ！」

「でもじゃなーい！　まだ子供なんだから、存分にわがままを言えと言っただろ？　それなのに俺達の世話までして。俺は大人であるということが恥ずかしくて仕方がない」

「それはただの恩返し。気にしないで」

「気にするわっ！　五歳だぞ!?　五歳の子供に身の回りの世話してもらってるとか、恥ずかしすぎてお天道様に顔向けできんわ！」

それは屋敷のみんなが漏れなく感じていることだ。ウィルが家事をし始めてからいろいろと楽になった。

しかし同時に羞恥心《しゅうちしん》も抱くようになった。最強の傭兵団が五歳児にお世話になっているなど、恥以外の何物でもない。

「迷惑かけた？　かけてねえよ。俺達の過去の因縁に巻き込んで、こっちがお前に迷惑かけたんだよ」

「でも、ぼく、弱くて。さらわれて、人質になって……」

「五歳の子供を守れなかった俺達が全部悪い。子供が責任なんて感じんな！」

ベゴニアはそう叫ぶと、膝を突く。そしてウィルと同じ目線になって、その頭を撫《な》でてくれた。

「ごめんな。怖い思いさせた。ちゃんと、守ってやれなかったな」

「ち、ちがうよ！　ぼくが、ゆだんしたの。ちょっと、外出ちゃったから」

「俺達のために、飯作ろうとしてくれたんだろ。ならちゃんと見てなかった、俺達が悪い」

五歳児ではありえないほど賢くて優秀だから、ついつい目を離してしまったのだ。

だがやはり駄目だった。五歳の子供なら、大人がちゃんと見ていないといけないのに。

「それにな、お前の迷惑は、迷惑の内に入らない」

「えっ？」

「シャルノアなんて迷惑かけすぎて副団長を寝込ませているし、俺やシルクだってそう。一見大人しいニャルコも、常識人っぽいウァードックすらもだ。お前が一番、迷惑かけてないんだよ！」

「っ!?」

そしてベゴニアから語られた名だたる実績に、ウィルは驚愕《きょうがく》した。そして副団長が可哀想《かわいそう》すぎて、心の中で同情する。

「お前が出て行くとさ、副団長が泣くぜ。シルクだって塞ぎ込む。あのシャルノアすら悲しむだろう」

「それは……」

多分そうだろう。とても優しい人達だ。

「ぼくは、ここにいて、いいの？」

「もちろんだ。お前はもう、俺達の仲間なんだから」

「なか、ま……」

「いや、家族だな。傭兵団はみんな家族。それぐらい強い絆《きずな》で結ばれてんだ」

その言葉は、ストンとウィルの胸に落ちてきた。だってそれが、一番求めていたものなのだから。

老人の下で生きていた頃から、愛してくれる家族を探していた。

だが本当の家族はおらず、幸せなど見つかるはずがないと思っていた。

しかし、ここにある。血は繋がっていなくても、家族と呼べるほどの絆が。

「何だ。泣いてんのか」

「あ、うぅ……ぼくは。その。うれしくて。なんか」

「っと。よしよし。まあ、存分に泣けばいい」

なぜか涙が止まらなかった。なぜか泣くほどに嬉《うれ》しかった。

涸《か》れることなく無限に湧くかのように、ウィルは涙を流し続けた。

「ぼく、みんなといっしょにいたい！」

「ああ。俺達もさ。もうお前は、うちの子なんだから」

その日はとても寒かった。けれども心はとても温かい。

抱きしめてくれたベゴニアの愛に、ウィルの涙が涸れることはなかった。

あとがき

初めまして、天野雪人《あまのゆきと》と申します。

この度は「傭兵団の愛し子」をお手に取ってくださりありがとうございます！

今作は、多くの秘密を持つ少年ウィルと最強の傭兵団である仲間達との物語。過去の因縁が絡まり合って、結末へと向かっていく、という感じのストーリーにしようと始めた作品です。

それを、小説投稿サイト「カクヨム」で連載していたところを担当編集の吉田さんにお声がけいただき、出版へと至りました。

ふと思い返せば初めて小説を書いたのが２０１７年。その出来を今でも覚えており、たまに読み返しては身悶えする日々。そこから細々とやってきて、ついに書籍化。感無量です。

そんな今作の出版には、多くのお力添えがありました。

担当編集の吉田さんはもちろん、素晴らしいイラストを描いてくださった黒井《くろい》スススム先生。編集部の方々や、関係各所の皆様。多くの方のご協力があって、「傭兵団の愛し子」を出版することができました。とても感謝しております。

また柿野《かきの》レイ先生によるコミカライズも企画進行中ですので、こちらもぜひよろしくお願いします。

それではここまで読んでいただき、ありがとうございました！


本書は、カクヨムに掲載された「傭兵団の愛し子 ～死にかけ孤児は最強師匠たちに育てられる～」を加筆修正したものです。

傭兵団《ようへいだん》の愛《いと》し子《ご》
～死《し》にかけ孤児《こじ》は最強《さいきょう》師匠《ししょう》たちに育《そだ》てられる～

2024年９月30日　初版発行

著／天野雪人《あまのゆきと》

画／黒井《くろい》ススム

発行者／山下直久

発行／株式会社KADOKAWA
〒102-8177　東京都千代田区富士見2-13-3
電話 0570-002-301（ナビダイヤル）

印刷所／株式会社KADOKAWA

製本所／株式会社KADOKAWA

●お問い合わせ
https://www.kadokawa.co.jp/（「お問い合わせ」へお進みください）
※内容によっては、お答えできない場合があります。
※サポートは日本国内のみとさせていただきます。
※Japanese text only

定価はカバーに表示してあります。

ISBN 978-4-04-811317-5　C0093

◆◇◇